JOËL EGLOFF

Joël Egloff est né en Moselle en 1970 vit aujourd'hui à Metz. Après des études de cinéma, il exerce différentes activités dans l'audiovisuel, tout en écrivant des scénarios, puis son premier livre, *Edmond Ganglion et fils* (Éditions du Rocher), en 1999, à partir duquel il se consacre entièrement à l'écriture.

Il est l'auteur de cinq romans, traduits dans plusieurs pays, dont *L'Étourdissement* qui a obtenu le prix du Livre Inter en 2005. *L'Homme que l'on prenait pour un autre* a paru aux éditions Buchet / Chastel en 2008 qui fera également paraître *Libellules*, un recueil de textes courts en septembre 2012.

W0465833

L'HOMME QUE L'ON PRENAIT POUR UN AUTRE

JOËL EGLOFF

L'HOMME QUE L'ON PRENAIT POUR UN AUTRE

BUCHET / CHASTEL

MIXTE
Papier issu de sources responsables
FSC® C003309
FSC www.fsc.org

Pocket, une marque d'Univers Poche, est un éditeur qui s'engage pour la préservation de son environnement et qui utilise du papier fabriqué à partir de bois provenant de forêts gérées de manière responsable.

Le Code de la propriété intellectuelle n'autorisant, aux termes de l'article L. 122-5, 2° et 3° a, d'une part, que les « copies ou reproductions strictement réservées à l'usage privé du copiste et non destinées à une utilisation collective » et, d'autre part, que les analyses et les courtes citations dans un but d'exemple et d'illustration, « toute représentation ou reproduction intégrale ou partielle faite sans le consentement de l'auteur ou de ses ayants droit ou ayants cause est illicite » (art. L. 122-4).
Cette représentation ou reproduction, par quelque procédé que ce soit, constituerait donc une contrefaçon, sanctionnée par les articles L. 335-2 et suivants du Code de la propriété intellectuelle.

© 2008, Buchet/Chastel, un département de Meta-Éditions
ISBN : 978-2-266-18431-1

Il m'arrive de plus en plus souvent d'être pris pour un autre. Que des gens qui me croisent aient l'impression de m'avoir déjà vu quelque part, sans parvenir toujours à se souvenir dans quelle circonstance, à quelle occasion, où et quand ils ont bien pu me rencontrer auparavant. Même si leurs visages ne me disent rien, pas plus que leurs noms, par politesse je me présente à mon tour, je veux bien faire des efforts de mémoire, moi aussi, et au hasard nous évoquons quelques endroits, quelques situations dans lesquelles nous aurions pu avoir affaire ensemble. Au bout d'un moment, bien obligés de constater que nous ne parvenons pas à nous trouver le moindre souvenir en commun, pour conclure, nous échangeons deux ou trois haussements d'épaules, quelques sourires embarrassés, tandis que je m'excuse platement de ne pas être la personne que l'on pensait que j'étais. Puis nous nous souhaitons une bonne journée et poursuivons nos chemins respectifs.

Mais il en est parfois qui font preuve de plus d'assurance et pour qui le doute n'est pas permis. Et c'est par une grande tape dans le dos qu'ils m'accostent, avant de me secouer pendant que j'essaie vainement de les remettre. Ils font un petit pas en arrière pour mieux me dévisager, finir de se convaincre, au besoin, qu'il s'agit bien de moi, et apprécier à quel point je suis resté le même, ou combien j'ai changé, c'est selon. Même ceux qui ne m'ont connu qu'avec la barbe – que, soit dit en passant, je n'ai jamais portée – finissent par me reconnaître sans trop d'hésitation.

Quelquefois, celui pour qui l'on me prend n'a pas l'air inintéressant, bien au contraire. J'aimerais mieux le connaître. J'y gagnerais peut-être même au change à être lui plutôt que moi, ne serait-ce qu'un instant. Et comme je n'ai pas le cœur à décevoir quelqu'un qui m'aborde avec tant de sympathie, que je ne me sens pas le droit de le priver du plaisir rare des retrouvailles, nous finissons accoudés au bar du café le plus proche à nous raconter en détail ce que nous sommes devenus depuis que nous nous sommes soi-disant perdus de vue.

L'autre jour, sur un trottoir de mon quartier, je suis bousculé par quelqu'un. D'ordinaire, je m'en excuse poliment. Je n'y peux rien, c'est un réflexe, c'est comme ça. Lorsqu'on me bouscule ou qu'on me marche sur les pieds, systématiquement, c'est moi qui dis pardon. Mais cette fois, au moment où nos épaules se heurtent, je ne sais pas ce qui me prend, je me retourne et je proteste. L'homme s'arrête net, se retourne à son tour et me fixe droit dans les yeux. Et déjà je regrette mon audace. Il revient sur ses pas, lentement, s'approche de moi, ses yeux toujours plantés bien au centre des miens, et sans dire un seul mot, il s'approche encore, jusqu'à une distance idéale pour m'assener le coup de tête auquel je m'attends maintenant d'une seconde à l'autre, pendant que mes mains, résignées, déjà fouillent mes poches à la recherche du mouchoir dont je vais avoir besoin pour me tamponner le nez. C'est alors que son visage se détend, que son regard s'illumine et qu'il pense me reconnaître sous les traits d'un certain « Lepouilleux » – en un mot ou en deux, je ne sais pas, mais c'est bien comme ça qu'il m'appelle. « Le Pouilleux ! Nom de Dieu ! C'est toi, ma parole ! » Et trop heureux que les choses tournent ainsi, j'accepte volontiers d'être celui qu'il croit reconnaître, et me voilà au café d'en face, à prendre une bière avec Joseph Lorenzo, dont je suis, je l'apprends, un ancien camarade de cellule avec qui nous avons tué le temps et d'après lui, au cours d'une inoubliable cavale, un certain nombre de personnes aussi, toutes plus malveillantes les unes que les autres à notre égard.

Mais il y a des jours, sans doute, où je ressemble à tout le monde encore plus que d'habitude. Pendant que nous conversons avec Lorenzo, un type entre dans le bar, jette un regard vague dans la salle et, m'apercevant, se dirige droit vers notre table devant laquelle il se plante pour me reprocher d'emblée le fait qu'il est, depuis deux mois, obligé par ma faute de se laver à l'eau froide. J'attends qu'il s'explique, qu'il m'en dise davantage. Une histoire de chauffe-eau qui ne produit pas plus d'eau chaude qu'un réfrigérateur, ce dont apparemment il me tient pour entièrement responsable. Mais ce qui le met hors de lui, dit-il, c'est de me trouver là, tranquillement assis, en plein après-midi, à siroter une bière, alors qu'il attend ma visite chaque jour depuis des semaines, et quc cette visite, de jour en jour, je la remets sous des prétextes fumeux. Les choses étant maintenant plus claires, je tente de m'expliquer. Je lui dis qu'il est fort probable qu'il me confonde avec son plombier car cela arrive souvent que l'on me prenne pour quelqu'un que je ne suis pas, c'est étonnant, je le sais, mais je ressemble à beaucoup de monde. C'est, je pense, ce qui lui fait croire à tort que je me fiche de lui, d'autant que Lorenzo, qui en est persuadé depuis le début, ne se retient pas de rire, si bien que l'homme s'emporte vraiment, me couvre de postillons et finit par me traiter d'escroc en me pointant son index sous le nez. Lorenzo ne rit plus, alors. Voyant que le type en vient aux menaces, il se charge de mettre un terme à ses gesticulations. Sans même bouger de sa chaise, il saisit son doigt à la volée et le lui tord jusqu'à le mettre à genoux et, parfaitement insensible à ses supplications, il poursuit sa clé jusqu'à ce craquement de branche morte au son duquel son visage impassible laisse entrevoir le plaisir du travail accompli, tandis que je ne peux m'empêcher, moi, de pousser un cri tout à la fois d'effroi et de compassion.

Je ne l'ai pas remercié de m'être venu en aide. Je ne lui ai pas dit « merci » pour ce qu'il a fait, j'en suis sûr, ou si je l'ai dit, cela m'a échappé et je le regrette. Je l'ai simplement regardé, effaré et muet, et peut-être a-t-il cru, lui, m'entendre dire « merci », puisqu'il m'a répondu « c'est peu de chose », avant de finir sa bière d'un trait et de me dire « on s'en va ». Peu de chose, a-t-il ajouté encore, eu égard à ce que j'ai fait pour lui autrefois et qu'il n'oubliera jamais, m'a-t-il précisé, en tapotant son front de son index pour bien me faire comprendre que cela était gravé là-haut et combien il m'en serait éternellement reconnaissant et redevable.

Nous sommes sortis en laissant derrière nous le bar en pleine effervescence. Les uns qui demandaient aux autres s'ils avaient vu ça, ceux qui n'avaient rien vu et qui demandaient quoi, ceux qui avaient tout vu et qui n'en croyaient pas leurs yeux, ceux qui avaient préféré faire semblant de ne rien voir, et les autres encore qui avaient bien failli intervenir si on ne les avait pas retenus, et ceux qui, sans aucun doute, seraient intervenus s'ils avaient vu. Tout ce beau monde, et le personnel et le patron, y allait chacun de son petit commentaire, de ses explications, et se rejouait la scène, dans toutes les versions, juste à côté du malheureux qui se tortillait encore à terre, entre les tables, en pleurant sa mère, et la mère de sa mère, et la mère de sa mère de sa mère, et ainsi de suite, son doigt en équerre, plié à l'envers, et tout ça à cause de moi.

Dehors, Lorenzo me promet de me faire signe bientôt. Il a quelque chose à me proposer dont il aimerait me reparler en détail. « J'aurais sans doute besoin de tes services, un de ces jours », me dit-il d'un ton allusif. Malgré l'état de panique dans lequel je me trouve, je parviens à sourire d'un air entendu. Il m'avoue encore que ça lui fait mal de me voir comme ça, tombé aussi bas, obligé de m'occuper de chauffe-eau, moi qui ai connu la grande vie et qui aspirais autrefois à de plus hautes ambitions que la plomberie, moi qui étais promis à un si bel avenir. « Mais je te laisserai pas tomber, Lepouilleux, il me dit, t'en fais pas. Tu peux compter sur moi. » Et avant de s'en aller, il me glisse quelques billets pliés dans la poche. Je n'essaie pas de les refuser de peur de le contrarier. Je ne cherche même pas à faire semblant, au moins par politesse. Je le remercie, c'est tout. Il me colle une tape sur la joue, un clin d'œil, puis il me tourne le dos et s'éloigne.

Je n'ai qu'une hâte alors, c'est de rentrer chez moi. J'ai remonté la rue sans traîner. Un peu plus loin, j'ai croisé deux petits vieux, bras dessus, bras dessous, que j'aperçois quelquefois dans le quartier. La femme me dévisageait avec insistance, puis je l'ai vue donner un coup de coude à son mari pour attirer son attention sur moi. J'ai détourné la tête. À peine les avais-je croisés que, dans mon dos, je l'ai entendu lui dire que j'étais le type qui présentait la météo. Puis elle lui a reproché d'avoir les yeux dans les poches, de ne pas être physionomiste pour un sou, et d'autres choses encore, sur sa lancée, que je ne percevais plus alors que je m'éloignais d'eux.

Voilà, juste pour dire. Et tout ça la même journée. C'est à mon physique très ordinaire que j'attribue cela. Avec un visage aussi commun que le mien, on ne passe pas inaperçu. Deux yeux, un nez, une bouche, ça rappelle forcément toujours quelqu'un à quelqu'un.

C'est agaçant ce courrier que je reçois et qui ne m'est pas destiné. Plusieurs fois, j'ai attendu le passage du facteur pour le lui faire gentiment remarquer et lui rendre ces lettres qu'il s'obstinait à me remettre dans la boîte le jour d'après. J'ai fini par lui demander un matin s'il distribuait son courrier au hasard ou s'il tentait un tant soit peu de faire correspondre le nom qui était écrit sur l'enveloppe avec celui qu'il pouvait lire sur la boîte aux lettres. Il m'a regardé de haut et n'a même pas daigné me répondre. Quelques jours plus tard, alors qu'il n'avait aucunement tenu compte de mes réflexions, je lui ai suggéré, puisqu'il faisait visiblement toujours sa tournée en dormant, de commencer sa journée par une autre rue, ce qui lui laisserait peut-être le temps de se réveiller et d'avoir les idées plus claires en arrivant chez moi. Il n'a pas réagi non plus. Il a même semblé d'une indifférence totale à mes remarques, mais j'ai dû le contrarier pourtant, j'en suis même sûr, puisque suite à cela, cette fois, pendant longtemps, je n'ai plus eu de courrier du tout, rien de rien, pas la moindre lettre, la plus inintéressante soit-elle.

Durant ces jours difficiles où je me désespérais de ne plus exister pour personne, une simple facture d'électricité aurait suffi à faire mon bonheur. Je me serais réjoui d'une mise en demeure, d'un commandement de payer, simplement de savoir que quelqu'un s'occupait de moi, quelque part, rien que pour voir mon nom imprimé sur du papier. Même un avis de poursuite, j'en suis sûr, m'aurait réchauffé le cœur. D'être poursuivi, c'est quelque chose. On devient important. On imagine beaucoup de gens à ses trousses, tout le service contentieux qui s'agite et ne parle que de moi, du matin au soir, et ma photo punaisée au mur, je hante même leurs rêves et leurs repas de famille, ils n'en dorment plus la nuit. Un bataillon d'huissiers est levé, ils ont flairé l'odeur du sang. Et tous les jours ou presque, ils m'adressent des menaces en petits caractères serrés, des lettres en couleur, des bleues et des jaunes, d'autres à découper le long des pointillés, que le facteur m'apporte en main propre avec un petit sourire en coin. Il faut signer de son nom, là, là, et là. Ça rigole plus du tout. Et là, aussi. Le ton monte. Et puis là, encore. On prépare la guerre, ça va saigner. D'être poursuivi, comme ce doit être exaltant.

Mais je n'ai même pas eu cette chance, si bien que n'y tenant plus, un beau jour, j'ai fait remarquer au facteur qu'étrangement je ne recevais plus de courrier. « De qui en attendez-vous, au juste ? » m'a-t-il demandé avec un ton amusé qui sous-entendait presque qu'il était improbable que quelqu'un puisse avoir l'idée de m'en envoyer. « De personne en particulier, lui ai-je répondu, vexé. Je m'inquiète simplement de ne plus en recevoir du tout », ai-je ajouté, en insinuant d'ailleurs qu'il y était peut-être aussi pour quelque chose. « Si vous n'en attendez même pas, rien ne m'étonne, il m'a fait. Je peux vous dire, par expérience, que les gens qui en reçoivent sont ceux qui en attendent. Ce qui ne veut pas dire que le fait d'en attendre vous garantisse forcément d'en recevoir. C'est simplement le minimum. » Il a profité de ma stupéfaction pour ajouter encore qu'il n'était pas responsable du fait que l'on semblait m'avoir oublié et que, s'il en était désolé, pour autant il n'allait tout de même pas se mettre à m'écrire pour me faire plaisir. Il a même ri de sa bonne plaisanterie. Il a poursuivi en me faisant remarquer que je n'étais peut-être pas en mesure d'être aussi exigeant que je le voudrais et qu'il était préférable, sans doute, que je me contente du courrier que je reçois, lorsque j'en reçois. J'avais dû m'en rendre compte par moi-même, mieux valait trouver dans ma boîte des lettres qui ne m'étaient pas adressées que de ne rien y trouver du tout. « On a le courrier qu'on mérite, a-t-il conclu, que voulez-vous ? » Puis il a repris sa tournée en sifflotant.

Il faut s'imaginer ce que c'est que d'avoir à entendre de telles paroles, d'être humilié de la sorte par son facteur. J'en ai été blessé à un tel point que j'ai décidé de ne plus me préoccuper du tout de savoir si oui ou non je recevais du courrier. Je sortais très peu de chez moi, encore moins qu'auparavant, mais lorsque vraiment j'y étais contraint, en passant devant ma boîte aux lettres, pour ne pas céder à la tentation de l'ouvrir ou d'y glisser la main, je détournais systématiquement la tête. Et lorsque je m'en suis senti capable, j'ai tout simplement retiré mon nom de la boîte, comme on arrache un sparadrap.

Je m'étais résolu à ne plus attendre je ne sais quoi de je ne sais qui. J'étais sur la bonne voie et j'y serais définitivement parvenu, si un beau matin on n'avait pas sonné chez moi. « C'est le facteur ! » j'ai entendu, de l'autre côté de la porte. Je me suis traîné jusqu'au judas. C'était bien lui. Tiens donc, j'ai pensé, c'est donc déjà la fin de l'année, et le voilà, sans le moindre scrupule, qui vient, sous le prétexte de me présenter ses vœux, tenter de me soutirer de l'argent en échange de ses calendriers pleins de chiots et de chatons qui se prélassent les uns sur les autres dans des paniers en osier. Il manque pas d'air, je me suis dit, après m'avoir parlé de la manière dont il l'a fait. Et puis qu'est-ce que je pourrais bien faire d'un calendrier ? À quoi cela me servirait de savoir quel jour on est, quel mois, quelle année ? Tous les jours se ressemblent et y en a pas un pour racheter l'autre. Je donnerai pas un sou. C'est ce que je vais lui dire tout de suite. Et puis non, je vais pas lui dire. Je vais pas ouvrir. Je vais faire le mort. « C'est le facteur ! » insistait le facteur, de l'autre côté de la porte, voyant que rien ne bougeait. Il a sonné une nouvelle fois. Il avait dû entendre grincer le parquet, il avait dû sentir mon odeur. Je suis resté parfaitement immobile, j'ai cessé de respirer. De temps en temps, j'entendais le frottement de ses semelles sur le sol, le froissement de son vêtement de pluie au moindre de ses mouvements. Il devait avoir collé son oreille à la porte. Il tentait peut-être même d'y voir quelque chose chez moi à travers le judas. S'il ne s'en allait pas bientôt, je ne tiendrais plus très longtemps. Je sentais peu à peu tout mon corps se raidir. La crampe menaçait et, d'une seconde à l'autre, elle risquait de me foudroyer, de m'arracher un cri qui trahirait ma présence. Alors j'allais être contraint d'ouvrir quand même, sautillant, grimaçant, et couvert de ridicule. Si je voulais ne pas perdre la face, il fallait prendre les devants. « Voilà, voilà, j'arrive !... » j'ai dit d'une voix forte, pour le laisser imaginer, lui qui me prenait pour un minable, que j'arrivais du bout du bout d'un interminable couloir, de l'autre bout de mon très grand appartement. J'ai laissé s'écouler quelques secondes encore, puis j'ai ouvert. « Comment allez-vous ? » m'a-t-il demandé avec son plus beau sourire et qui plus est, l'air de s'en soucier vraiment. Il n'était visiblement pas venu me présenter ses vœux. Ce n'était sans doute pas encore la saison. Je me suis tout de même méfié de cette soudaine sympathie. J'ai gardé la distance nécessaire. « Vous allez être content », il m'a fait, sur le même ton enjoué. « Ça m'étonnerait », je lui ai répondu. « J'ai une lettre pour vous. – M'intéresse pas », j'ai dit. Il me l'a tendue quand même.

S'il se donnait la peine de venir jusqu'à moi, j'ai pensé, c'était probablement poussé par la culpabilité et dans l'idée de se faire pardonner. Il le regrettait, maintenant, de m'avoir parlé de la manière dont il l'avait fait et d'un instant à l'autre, il allait sans doute me présenter ses excuses, ce à quoi il fallait que je me prépare. Surtout, ne pas me laisser attendrir, je me connais. Le simple fait qu'il me demande pardon pourrait suffire à m'arracher une larme, il ne m'en fallait pas plus. Pour me réconforter, il me poserait alors sa main sur l'épaule et, de fil en aiguille, sans plus aucune retenue, je l'inviterais à entrer. Nous parlerions longuement, si bien qu'il en oublierait sa tournée et ne s'en rendrait compte que beaucoup plus tard, et ce seraient des éclats de rire à n'en plus finir. Et puis au diable le courrier, puisqu'une belle histoire d'amitié était née. Voilà ce qui me pendait au nez, voilà ce à quoi je m'exposais si je fléchissais ne serait-ce qu'une seconde. De toute cette mièvrerie, je ne voulais en aucun cas. Il fallait que je reste intransigeant et digne. Il devrait se contenter d'une absolution glacée, et c'est du bout des lèvres que je la lui accorderais. Et avant de passer l'éponge – il faudrait que je le lui dise, ça, d'ailleurs, « passons l'éponge », c'est bien, comme formule, c'est assez humiliant –, j'en profiterais encore un peu pour remuer le couteau dans la plaie, ce qu'il méritait bien, après tout.

Mais nous n'en étions pas encore là. J'ai tout de même pris la lettre qu'il me tendait. J'ai jeté un œil sur l'enveloppe et la lui ai rendue d'une main lasse. « Je ne m'appelle pas Pierre Simon », je lui ai fait, sans que mon visage ni ma voix ne laissent transparaître la moindre déception. « Il me semble que ce n'est pas la première fois que je vous le dis », lui ai-je reproché encore. « Ah bon… » m'a-t-il répondu, en feignant grossièrement d'être étonné, de ne pas s'en souvenir, de ne plus rien y comprendre. « Simon Pierre, peut-être, alors ? » il m'a fait. « Non plus », lui ai-je répondu. Il a relu le nom et l'adresse qui figuraient sur l'enveloppe. Il m'a regardé. Il a relu le nom sur l'enveloppe. Il m'a regardé. Il a regardé l'enveloppe, puis s'est mis à secouer la tête. « Pourtant l'adresse correspond, y a pas d'erreur », m'a-t-il fait remarquer en me tendant une nouvelle fois la lettre pour que je vérifie par moi-même. « Oui, mais ce n'est pas moi », j'ai rétorqué sans plus chercher à dissimuler mon agacement. « Vous en êtes bien sûr ? » il m'a demandé. « Absolument sûr… » j'ai répondu, tout en me disant qu'il allait réussir à m'en faire douter, s'il insistait encore. « Absolument sûr », a-t-il répété, pour lui, avec l'air de ne pas en être convaincu du tout. Je m'impatientais d'en finir, maintenant. « Et pourtant, si je peux me permettre, a-t-il insisté encore, c'est un nom qui vous va comme à peu de gens. » J'ai préféré me taire, mais mon regard en disait long. Au mouvement que j'ai eu, à ce petit déplacement, il a bien senti que je m'apprêtais à abréger notre conversation. « Écoutez… il m'a dit, comme s'il s'apprêtait à me faire une faveur. Puisque je ne sais pas à qui la donner, prenez-la quand même. » J'ai refusé d'un geste de la main, j'allais refermer la porte, cette fois pour de bon, mais il a fait un petit pas en avant pour m'en empêcher en s'empressant d'ajouter « parce que si vous ne la prenez pas, de toute façon, je vais la jeter. – Faites-en ce que vous voulez, j'ai répondu, ça m'est bien égal ». C'était le moment d'en finir. « Excusez-moi, je lui ai dit, je ferme la porte, à cause du chat. Au revoir ! » Et je l'ai refermée. Peut-être même l'avais-je déjà refermée lorsque j'ai dit « au revoir ». C'est un vieux truc à moi pour me débarrasser des visiteurs pénibles. C'est un peu plus crédible que de dire « j'ai du lait sur le feu », même si, de chat, en fait, je n'en ai pas plus que de lait sur le feu. Ou plutôt, je n'en ai plus, devrais-je dire, parce qu'à l'heure qu'il est, de feu mon chat, il ne me reste plus, justement, que cette image de lui, se faufilant, maigre comme une sole, dans l'entrebâillement de la porte. C'était ainsi, d'ailleurs, que je l'avais perdu, alors que dans un geste maladroit et tragique je refermais brusquement la porte pour l'empêcher de sortir, au moment même où il sortait.

Je n'ai pas entendu le facteur s'en aller. J'ai tendu l'oreille. Il était toujours là. Je le devinais à ces petits craquements du sol, ces longs soupirs qu'il poussait de temps en temps. Il s'est même mis à marmonner, je ne sais quoi, un peu comme s'il parlait en dormant. On aurait dit qu'il se rejouait notre conversation. De temps en temps, je parvenais à en capter un mot ou deux. J'ai cru entendre « Pierre Simon ».

J'avais peur qu'il n'insiste, qu'il ne se prépare à un nouvel assaut. J'ai regardé à travers le judas, mais je ne l'ai pas vu. Il devait s'être assis par terre, contre le mur, ou adossé à ma porte. Je suis resté un long moment à l'épier, puis je l'ai entendu bouger, se lever probablement, ramasser sa sacoche, et il s'est enfin décidé à partir. J'ai écouté ses pas jusque dans l'escalier, jusqu'à ce qu'ils s'estompent, d'étage en étage, jusqu'au rez-de-chaussée, jusqu'à ce que j'entende la lourde porte de l'immeuble se refermer. J'aurais même été capable, je crois, tellement j'étais concentré, de les percevoir sur le trottoir, de le suivre encore, comme ça, d'immeuble en immeuble, jusqu'au bout de la rue, peut-être même jusqu'à chez lui.

J'ai écouté encore un peu le silence rassurant de la cage d'escalier que ne troublaient plus que quelques bruits lointains de casseroles mêlés à des rires venus d'un appartement voisin. Je savourais ma petite victoire. J'en souriais encore de satisfaction, lorsque à mes pieds, juste avant de me retourner, j'ai découvert la lettre qu'il avait dû glisser sous la porte avant de s'en aller.

J'aurais pu dévaler l'escalier, lui courir derrière pour la lui rendre, j'ai failli le faire, j'ai hésité. J'aurais pu me précipiter à la fenêtre, la lui jeter dans la rue, j'aurais pu, ça n'aurait pas manqué d'allure, et c'est sans doute ce que j'aurais fait, si toutes celles de mon appartement, malheureusement, n'avaient donné sur la cour.

Alors je n'ai rien fait. J'ai simplement ramassé la lettre.

Un dimanche sur deux – ça me fait une sortie –, je prends le train pour Mourmelon, voir une vieille tante qui rigole pas tous les jours, là-bas, à l'hospice, sauf un dimanche sur deux, justement, où je viens pour lui changer les idées qu'elle a plus très claires. Je dis « une tante », mais je crois bien que c'est une grand-tante, en fait. C'est assez compliqué. Comment dire ? Ce serait même plutôt la cousine d'une grand-tante, je crois bien. Ou bien sa nièce, je ne sais plus. Peu importe. Une dame, en tout cas, qui a toujours été bien gentille avec moi, qui me donnait des bonbons quand j'étais petit. Maintenant c'est moi qui lui apporte des sucreries.

J'ai pris l'habitude d'y aller le dimanche, mais je pourrais tout aussi bien y aller le samedi, si je voulais, ou n'importe quel autre jour de la semaine, vu que j'ai rien de mieux à faire, je pourrais même y passer la semaine entière, ou pourquoi pas m'installer là-bas pour de bon. J'y ai déjà pensé, je leur ai demandé, mais c'est trop tôt, j'ai pas l'âge. Je leur ai pourtant dit que l'âge, c'est pas ce qui compte, qu'on a l'âge de ses artères, et que les miennes, je le sens bien, ont au moins deux cents ans et que le sang qui y coule n'est plus vraiment très chaud, ni très clair. Mais rien n'y a fait, ils n'ont rien voulu savoir. « Vous avez le temps, ils m'ont dit. Rien ne presse, on en reparlera d'ici quelques années. » Je leur ai dit « tant pis, après ce sera trop tard, ce sera plus la peine ».

Toujours est-il qu'en attendant, pour voir ma tante, j'y vais le dimanche, parce que c'est le jour le plus long, un jour interminable, pour elle comme pour moi. Le dimanche où je n'y vais pas, je l'appelle pour lui rappeler que je viendrais le dimanche d'après. Elle est toujours contente de m'entendre. « Comment ça va ? je lui demande. Qu'est-ce que vous avez mangé aujourd'hui ? » Elle me répond qu'elle s'en souvient plus. « L'important, c'est que t'aies mangé, je lui fais. Faut que tu manges pour être en forme. – Je le sais bien, elle me dit, mais j'ai pas beaucoup d'appétit, et après la dernière bouchée, j'ai déjà oublié ce que c'était. Alors ça revient au même, c'est comme si j'étais à jeun. » Je lui dis « t'as qu'à le noter sur un papier. Ça t'aidera à t'en souvenir, ça t'aidera à digérer. – Il fait quel temps chez toi ? » elle me demande. « Ça va, je lui réponds », et je lui retourne la question. « Et là-bas, quel temps vous avez ? » Elle me dit qu'elle sait pas vraiment, que ça fait quelques jours qu'elle est pas sortie. « Faut que tu sortes un peu, je lui dis, faut que tu marches et que tu t'aères. – Je prendrai l'air avec toi dimanche, elle me répond, ça suffira bien. – Est-ce que tu veux que je t'apporte quelque chose ? – Non merci, j'ai besoin de rien. – Bon, alors je raccroche, je lui dis, ça coûte cher. Je prendrai le même train que d'habitude, je serai là à la même heure. »

« Mourmelon, deux minutes d'arrêt ! » C'est bien assez, c'est plus qu'il n'en faut. On descend rarement avec des bagages. Cela dit, deux minutes, c'est un peu juste, peut-être, pour quelqu'un qui hésite. « J'y vais ou j'y vais pas ? Est-ce que vraiment je vais descendre ? » Faut dire que ça demande réflexion. À la gare, il m'arrive de prendre un taxi, s'il pleut des cordes, ou l'hiver, s'il fait vraiment trop froid. Sinon j'y vais à pied, ça prend qu'une petite heure, et souvent, c'est encore plus rapide que d'attendre un taxi.

Un dimanche sur deux, je viens avec des fleurs, l'autre avec des pâtisseries que j'achète en arrivant juste en face de la gare. Avec les éclairs, là-bas, on est sûr d'en avoir pour son argent. Ils sont longs et épais comme des pains, on dirait qu'ils sont faits de la même pâte. Quand j'ai le choix, j'en prends un au café, l'autre au chocolat, sinon, je prends ce qu'il y a, et je précise à la vendeuse que c'est pour emporter. Je vois bien, alors, à sa mine défaite, que ça l'embête, qu'elle préférerait que je les mange tout de suite, parce que pour les faire entrer dans la boîte, même la plus grande, c'est toute une histoire, il faut qu'elle me les coupe en quatre, en six, en huit, qu'elle les empile, elle en fait trois couches, elle en fourre des petits bouts partout où elle trouve encore un peu d'espace, elle bourre, elle tasse, elle s'assoit dessus pour refermer le carton, et c'est de la grosse ficelle qu'elle prend pour tenter de faire tenir le tout, il faut qu'elle tire bien fort, avec les deux bras, et qu'elle y mette le pied pour faire le nœud. Je finis généralement par lui proposer mon aide. Je fais le tour du comptoir et on s'y met à deux. C'est incroyable ce qu'elle peut sentir la transpiration. « Faudrait que vous ayez des cartons plus grands », je lui fais remarquer avec pertinence. Mais ça l'énerve. Elle secoue la tête en soupirant, l'air de me dire comme si j'y avais pas pensé… « Ou alors, faudrait que vous les fassiez plus petits, vos éclairs », j'ajoute encore. Elle voudrait que je me taise, je le vois bien. Elle peste, elle souffle, mais à deux, on finit par y arriver quand même. « Ben vous voyez, c'était pas si compliqué », je lui fais. Pour finir, elle n'oublie pas de ne pas coller d'étiquette sur la boîte. Faut que personne ne sache d'où ça vient. Faut pas qu'on puisse retrouver leur trace.

Quand c'est le dimanche des fleurs, c'est différent, j'arrive toujours à me débrouiller. À la belle saison, je les cueille en chemin, au bord de la route, dans les parterres de la municipalité, jusque dans les plates-bandes de l'hospice. Et quand c'est l'hiver et qu'il n'y en a plus dehors, c'est un peu plus délicat, mais jusqu'à présent, juste avant d'arriver, j'ai toujours eu la chance de trouver un petit bouquet qui m'attendait sur une table de nuit. Au début, j'y allais au hasard, j'entrouvrais quelques portes, je regardais ce qu'on avait à me proposer. Et quand la chambre était vide ou la pensionnaire endormie, je m'y glissais sur la pointe des pieds. Maintenant je perds moins de temps, je prends moins de risques, je sais où aller pour trouver les plus belles fleurs. C'est toujours les mêmes qui sont gâtées. Je connais une dame, tout au bout du couloir, au premier, chez qui je suis sûr de trouver mon bonheur. Je ne me fournis plus que chez elle. Je frappe bien fort à sa porte, j'entre sans hésiter. Je lui dis que je suis le préposé à l'eau des fleurs, que je viens pour la changer. Puis en même temps que je lui fais gentiment la causette, je passe à la salle de bains avec le vase, j'arrange un peu le bouquet, je recoupe les tiges, je fais le tri, et je repars avec les plus belles. Elle doit pas s'en rendre compte puisqu'elle s'est jamais plainte de rien. C'est bien la preuve qu'elle les regarde même pas ses fleurs et que ce serait bien dommage, alors, que personne d'autre n'en profite. C'est comme ça qu'on a pris nos petites habitudes. Quand j'arrive, maintenant, elle me dit qu'elle m'attendait. Un jour, c'est sûr, elle finira par me reprocher d'être en retard.

« T'aurais pas dû… » me fait ma tante, quand elle me voit passer la porte derrière un si joli bouquet, sans se douter qu'en fait, vraiment, j'aurais pas dû. « Fallait pas, elle me dit encore, t'exagères… » Je culpabilise un peu. Je le sais bien qu'il fallait pas, que c'est pas bien, mais avec ce que je dépense en train, j'ai vraiment pas les moyens, en plus, d'acheter des fleurs. Après les embrassades et les remerciements, on discute un peu, mais on s'attarde jamais trop dans sa chambre. S'il fait bon, on sort se promener. Le bruit de nos pas lents sur le gravier des allées. Quand elle veut me dire quelque chose, elle s'arrête. Parler tout en marchant, pour elle, c'est impossible. On va jusqu'au grand pin, au bout du parc. On a rendez-vous avec un écureuil, là-bas. On se plante au pied de l'arbre et on l'attend, silencieux, nos mains en visière et nos yeux qui se perdent dans les branches.

Au cours de notre promenade, elle m'interrompt. Alors surtout faut plus rien dire, plus faire un pas. On reste en arrêt. Cette fois elle en est sûre. C'est bien le son du canon au loin. Peut-être même aussi le grondement d'une escadrille. « Penses-tu… » je lui fais, mais je sais à quoi m'attendre. « J'ai peut-être plus toute ma tête, elle me répond, mais j'ai gardé l'oreille fine. » Et pour peu qu'à ce moment-là, en levant les yeux, par hasard, elle tombe sur un vol d'étourneaux, alors ça y est, y a plus aucun doute, il pleut des parachutistes. « On ferait bien d'aller se mettre à l'abri », elle me dit. Maintenant elle en est convaincue, c'est le grand jour. Il va nous tomber quelque chose dessus. Des hommes ou de l'acier, elle sait pas, mais en tout cas, elle le sent, quelque chose va se passer. Depuis le temps qu'elle les attend, les Américains, peut-être bien que cette fois les voilà enfin.

C'est le moment de s'asseoir sur un banc pour lui remettre un peu d'ordre dans les idées. J'essaie de lui rafraîchir la mémoire, sans trop la bousculer, de rétablir certaines vérités dont je suis à peu près sûr. Je lui explique qu'en fait, les Américains, ça fait bien longtemps qu'ils ont débarqué, que c'est plus la peine de les attendre, tout est réglé. Et depuis cette époque, il s'en est passé des choses. Ils ont même déjà été sur la Lune. Enfin, il paraît. « Tu vois un peu, je lui dis, il en a coulé de l'eau sous les ponts », même si je sais bien que pour elle, tout ça, c'est pas un fleuve, c'est plus qu'un grand tourbillon. J'attends de voir sa réaction. J'ai peur d'y être allé un peu fort. Elle regarde longuement dans le vide, mais peut-être qu'elle va s'en souvenir d'un coup. On dirait bien, d'ailleurs, que ça lui dit quelque chose. Je le vois dans ses yeux troubles, tout au fond, il y a des lueurs. Quelque chose qui bouge, comme des petits drapeaux qu'on agite, des rayures et des étoiles. Elle est à deux doigts de s'en souvenir des « violons de l'automne », tout ça va lui revenir d'un coup, rejaillir comme une source. Et puis non, finalement. Rideau. Y a plus rien à voir, tout s'est évanoui. « Ça va ? » je lui demande, un peu inquiet. Au bout de quelques secondes, elle soupire, me dit qu'elle n'y comprend plus rien. « Quelle idée ils ont eue d'aller débarquer sur la Lune ? Tu peux me le dire ? Alors que nous, ça fait combien de temps qu'on les attend, ici ? » Je veux plus la contrarier, ça lui fait pas du bien. « Qu'est-ce qu'ils ont été faire là-haut, hein ? » elle insiste. « Je sais pas, je lui réponds. C'est sans doute pour faire diversion. » Mais la stratégie ne lui paraît pas convaincante. Elle trouve ça bien trop alambiqué. « Et de Gaulle, alors ? elle me demande, subitement. Il fait quoi, lui ? Il est où ? – J'en sais trop rien », je lui réponds, mais surtout, je lui dis pas qu'il est mort parce que ça la tuerait. Et voilà que lui aussi en prend pour son grade quand elle pense à toutes les heures qu'elle passe en vain, l'oreille collée à son poste, à tourner tous les boutons, dans un sens et dans l'autre, jusqu'à ce qu'ils lui restent entre les doigts. « Rien que de la musique de dingue, elle s'emporte, plus moyen de capter Radio Londres ! » Je hausse les épaules en signe d'impuissance. Mais elle sent bien que je lui cache quelque chose. « Il est quand même pas sur la Lune, lui aussi ? » elle me fait. « Qui sait ?... » je lui réponds. Puis je saisis le prétexte de ce petit vent qui vient de se lever, que j'accuse d'être humide et malsain. « On ferait mieux de rentrer jouer aux dominos avec les autres », je lui dis. Et on s'en retourne doucement vers le bâtiment. Et l'après-midi se passe, jusqu'à ce que ce soit l'heure du train.

Elle me raccompagne toujours jusqu'au bout du couloir. On jette un œil dans les chambres entrouvertes en passant. Elle y reconnaît parfois des gens à qui elle dit bonjour de loin. Elle trouve souvent que leurs chambres ont l'air plus grandes que la sienne, qu'elles sont plus claires, plus gaies. Et comme à chaque fois que je suis sur le point de m'en aller, elle me dit qu'il ne faut pas que je me sente obligé de venir aussi régulièrement, que ça la gêne, parce que j'ai sûrement mieux à faire, que j'ai sans doute beaucoup de travail, des tas d'obligations. « Penses-tu, je lui réponds, c'est dimanche, j'ai un peu de temps pour moi. Et si je viens te voir, c'est bien que ça me fait plaisir. » Mais je ne vais pas jusqu'à lui avouer que toute la semaine je me réjouis de voir arriver le dimanche qui me rapproche de cet autre dimanche où enfin je vais prendre le train. Je n'ose pas lui dire que je fais tout ce chemin pour venir jouer au loto, aussi, chanter

Le Temps des cerises dont je suis l'un des rares, ici – et pas peu fier –, à me souvenir de tous les couplets. Je n'ose pas lui dire que c'est quand je gagne aux dominos que j'ai l'impression d'être quelqu'un, même si je triche quelquefois, et même souvent.

« Allez, je m'en vais, maintenant, sinon je vais manquer mon train. – Méfie-toi des patrouilles, elle me dit, sois bien prudent ! – T'en fais pas pour moi, je lui réponds, je vais couper à travers champs. – Et n'oublie pas de m'appeler, surtout, une fois arrivé. » Je me lance dans le grand escalier. Je me retourne une fois encore pour lui faire un signe de la main, et me voilà parti. Je n'ai pas de temps à perdre. Je traverse le hall, je passe la porte d'entrée. Comme souvent lorsque je m'en vais, j'ai à peine fait quelques pas au-dehors que, dans mon dos, une voix m'interpelle. Mais je ne réagis pas. À force, je sais ce qu'il en est. On me prend pour un pensionnaire qui se fait la belle. C'est dire si je fais bien plus que mon âge, et que j'aurais ma place, ici, quoi qu'on en dise. Je presse le pas.

Le dernier train, c'est le pire. Il fait déjà nuit. Ça roule et ça tangue, ça secoue et ça vibre. C'est comme s'il n'y avait pas de rails, seulement les traverses. J'ai les pieds qui cuisent contre le radiateur et ma tête appuyée contre la fenêtre glacée. Il y a de l'air frais qui me souffle dans le cou. J'essaie de coincer le rideau entre mon visage et la vitre, mais ça me picote et ça me démange, c'est pas vraiment plus confortable. On s'arrête à toutes les gares, et des gares il y en a, autant que de perles à un chapelet, même si, à cette heure-ci, plus personne ne monte et plus personne ne descend. Sur les quais, on ne voit plus que les chefs de gare qui se les gèlent et quelquefois des gens debout sous les vieux lampadaires, qui attendent avec des gueules jusqu'à par terre des gens qui ne viendront pas.

Et quand le train repart, ils ont du mal à y croire. Ils restent plantés là. Même si c'était le dernier, ils attendent le prochain. Ce soir, qui sait, rien que pour eux, il y en aura peut-être encore un ? Ils regardent leurs montres pour se donner un peu de contenance ou, du bout des doigts, ils astiquent leurs chaussures. Ils font comme s'ils n'attendaient personne, s'ils étaient venus là comme ça, juste pour faire quelques pas, pour respirer l'air des gares.

Je m'endors, mais jamais très longtemps, parfois d'un poteau à l'autre, parfois juste le temps de la longueur d'un rail. Aux passages à niveau, il y a des promeneurs qui viennent rien que pour voir passer le train. Et lorsque les barrières s'ouvrent de nouveau, ils s'en retournent chez eux. Alors je vois de Gaulle, dans son beau scaphandre blanc. Et derrière sa visière d'or, je l'entends déclarer : « C'est un petit pas pour l'homme, mais un bond de géant pour l'humanité. » Pendant qu'à Mourmelon, ma pauvre tante l'attend.

Même s'il est vraiment très tard lorsque j'arrive enfin chez moi, je n'oublie pas de l'appeler pour la rassurer. Elle n'en dormirait pas de la nuit, sinon. « Tout va bien, j'ai fait bon voyage, il est tard, bonne nuit, je t'appellerai dimanche prochain. » Et je me suis mis au lit sans même trouver la force de retirer mes vêtements. Je dormais déjà profondément quand le téléphone a sonné. J'ai mis du temps à comprendre. Dans l'obscurité, j'ai renversé la lampe de chevet, je me suis pris les pieds dans le câble, je suis parti du mauvais côté. Je trouvais plus l'interrupteur, on avait déplacé les murs, on avait muré les portes, je savais plus où j'étais. À l'oreille, à tâtons, j'ai quand même fini par retrouver la direction du téléphone. C'était ma tante. « J'ai oublié de te dire », elle m'a dit. Et puis y a eu un blanc. « Bon sang… qu'est-ce que je voulais encore te dire ? » J'avais sans doute mis trop de temps à décrocher, elle ne s'en souvenait déjà plus. Je l'ai laissée chercher un peu pendant que je retirais mes chaussettes. Elle s'énervait, au bout du fil, ça lui revenait pas. Je lui ai proposé qu'elle le note quand elle s'en souviendrait et puis qu'on se rappelle demain. « Entendu, on fait comme ça. » Et nous avons raccroché. Je me suis remis au lit. Il était encore chaud, il y avait encore mon creux dans le matelas. Il ne m'a fallu que quelques secondes pour retrouver le sommeil.

Quand le téléphone a sonné, la seconde fois, je me suis effrayé, j'ai bondi sans allumer la lumière, je suis parti tout droit, mais pas bien loin. Je me suis pris la tranche de la porte entrouverte au milieu de la figure. J'ai cru défaillir. J'ai dû poursuivre à quatre pattes. C'était encore ma tante. Elle était contente de s'en souvenir, enfin, de ce qu'elle voulait me raconter. Elle m'a dit qu'ils avaient eu des blettes au dîner. « Des quoi ? » j'ai fait. « Des blettes », elle m'a répété. « Des blettes ? » j'ai repris, sans avoir la moindre idée de ce que c'était. « Et… et alors ? » j'ai fait, intrigué, pensant qu'elle allait poursuivre en me racontant ce qu'elle y avait trouvé dans ces blettes : un cafard, une souris, un pansement, une phalange, ou tout un doigt, peut-être ? Ou bien qu'elle allait me dire qu'elle avait manqué de s'étouffer en mangeant ses blettes. Ou même pire, que quelqu'un à sa table était bel et bien mort étouffé en en mangeant. Pire encore, étouffé en avalant le doigt qu'il avait trouvé dans ses blettes. Mais je n'y étais pas. Pas du tout. « C'était pas mauvais », elle m'a fait, simplement. J'en suis resté sans voix. « Bon, allez, je te laisse, tu dois être fatigué », m'a-t-elle dit, un peu déçue, je l'ai bien senti, par la tiédeur de ma réaction. Puis elle a raccroché. J'ai eu du mal à me rendormir ensuite.

Tout me dit pourtant qu'il vaudrait mieux que je reste chez moi. À commencer par ce lacet que je casse en tirant dessus avec un peu trop d'enthousiasme, sans doute, alors que je m'apprête à sortir. Si je n'étais pas particulièrement de bonne humeur, il ne m'en faudrait pas plus pour retirer mes chaussures et abandonner aussitôt tous mes projets de la journée. C'est le genre de contrariété qui pourrait même retentir sur mes activités de la semaine. Rien de plus décourageant qu'un lacet qui cède au pire moment et que l'on doit rafistoler d'un petit nœud mal fichu aux bouts effilochés, aussi laid entre les œillets qu'un poireau au milieu du visage. Et ce n'est pas qu'une question d'esthétique, ce n'est pas non plus simplement le fait que tout mon élan maintenant est brisé. Le vrai problème, c'est qu'une fois, non sans mal, la réparation de fortune effectuée, on hésite ensuite à tirer sur ses lacets. On a peur que le nœud ne tienne pas le coup ou que le lacet casse une fois encore, à un autre endroit, sans même parler de l'éventualité que ce soit celui de l'autre chaussure qui vous lâche à son tour. Et ces craintes ne sont pas sans conséquence. Car si l'on hésite à tirer franchement sur ses lacets, alors on n'est plus maître de ses pieds, c'est aussi simple que ça. Il faut imaginer un cavalier qui ne pourrait pas tirer sur les rênes de sa monture de peur qu'elles ne cassent. Le cheval prendrait le dessus pour n'en faire qu'à sa tête. Eh bien, il en va de même pour les pieds, qui doivent se sentir contenus et savoir qu'ils n'ont pas la possibilité d'aller où bon leur semble, chacun d'un côté, où et quand il leur plaît. Car une journée réussie, j'en suis convaincu, dépend en grande partie de la fermeté avec laquelle on a lacé ses chaussures. Avec du mou entre les œillets, on ne fait rien de bon, autant rester chez soi, je l'ai souvent vérifié.

J'ai beau dire, pourtant, parce que aujourd'hui, justement, je ne m'en soucie pas. Peu m'importe. Je me sens étrangement désinvolte et prêt à surmonter tous les obstacles. C'est une belle journée qui s'annonce et même si je ne sais pas encore à quoi je la destine, j'ai bien l'intention d'en faire quelque chose. Je ne tarde pas à savoir quoi, puisque à peine ai-je refermé ma porte et descendu quelques marches de l'escalier que me vient l'idée d'aller m'acheter une paire de lacets. Cela me réjouit d'avance, et je m'étonne d'ailleurs de ne pas y avoir pensé plus tôt. Avec de nouveaux lacets, je me suis toujours senti comme un homme neuf. Et s'ils ne sont pas hors de prix et qu'il me reste encore un peu d'argent, j'ai bien l'intention de m'offrir une boîte de cirage, aussi. C'est qu'avec de nouveaux lacets, il faut que les chaussures brillent, l'un ne va pas sans l'autre, c'est indispensable.

Absorbé par mes pensées et débordant d'énergie, je ne me suis pas rendu compte que je descendais l'escalier avec de plus en plus d'empressement. Lorsque j'en ai pris conscience, il était déjà trop tard. Mes pieds s'étaient emballés et j'ai eu beau tenter de les retenir, je n'y suis pas parvenu. Ils dévalaient les marches comme s'ils s'étaient défiés. C'était à qui des deux serait en bas le premier. J'ai eu peur qu'ils se mettent à courir sur la rampe, à sauter de palier en palier. J'ai préféré fermer les yeux. Au premier, je me croyais pourtant tiré d'affaire, mais tout s'est joué au finish. Alors que mon pied gauche tenait une belle avance sur le droit, alors qu'il était visiblement bien parti pour finir en tête, par excès de confiance, sans doute – ou peut-être a-t-il été crocheté par le droit, je ne sais pas –, il manque une marche et tente de se rattraper sur la suivante, sur laquelle il se pose de travers, sans pouvoir se rétablir, si bien qu'en me tordant la cheville, je pousse un cri, de douleur, et d'effroi, aussi, voyant que mon pied droit ne parvient pas à repasser en tête, ce qui fait qu'inévitablement je chute au pied de l'escalier, devant la loge de la gardienne. J'ai vu le rideau bouger et l'espace d'une seconde, son visage apparaître à la vitre. Juste le temps de s'apercevoir que ce n'était que moi.

Sur le coup, je suis sûr de ne plus pouvoir me relever. Je me mords les lèvres pour contenir la douleur. En prenant appui sur les marches avec mes mains, je parviens à m'asseoir sur l'escalier. Je retire ma chaussure, le plus délicatement possible, en serrant les dents, persuadé que la fracture est ouverte et que je vais trouver un os, là, dans ma chaussette. Je ferme les yeux avant de la retrousser un peu, puis je les entrouvre prudemment. Ma cheville n'a l'air ni bleue ni enflée. Qui sait, peut-être n'y a-t-il même pas de fracture ? Souviens-toi, je me dis alors, pour me rassurer, de cette escarbille dans l'œil, lorsque tu te croyais déjà borgne et que tu pensais avoir perdu la moitié du monde. Tu t'en voulais tant de ne pas l'avoir assez regardé, surtout sur ta gauche. Il te semblait d'ailleurs que ce côté-ci du monde, maintenant qu'il serait plongé dans l'obscurité, t'avait toujours paru bien plus intéressant. Et tu te morfondais de ne pas avoir assez profité de cet œil, d'avoir jusque-là trouvé ça normal d'en avoir deux, alors que c'était du grand luxe. Tu t'en voulais même de l'avoir bêtement fermé chaque nuit sous le prétexte de le reposer. Combien de temps précieux gâché à chaque battement de paupières ? Des jours et des jours d'obscurité, au bout du compte.

Et tandis que tu pleurais sur ton sort, souviens-toi, tandis que tu te lamentais, emporté par tes larmes – c'était inespéré –, cette poussière qui te causait l'insoutenable douleur soudain s'en est allée. Tout doucement, alors, avec d'infinies précautions, tu as enfin pu le rouvrir, cet œil, que tu croyais définitivement perdu, juste bon encore à nourrir les pigeons, disais-tu. Tu les imaginais d'ailleurs, déjà, qui viendraient te le picorer dans l'orbite. Tu les voyais se le disputer dans la poussière. Puis tu as pu le garder ouvert, sans qu'il ne soit plus douloureux du tout, sans même que tu n'éprouves la moindre gêne. Et en masquant, tour à tour, de ta main, le droit, puis le gauche, puis le droit, puis le gauche, tu réalisais que tu voyais encore tout aussi bien de l'un que de l'autre, que de cette escarbille tu n'avais gardé aucune séquelle. De joie, alors, tu t'es mis à battre des paupières comme si tu voulais prendre ton envol. T'en souviens-tu de cet instant-là ? Peut-être l'un des moments les plus forts de ta vie, n'ayons pas peur des mots.

De cette douleur atroce, il n'est plus rien resté. Et ton œil, ton bel œil gauche à peine retrouvé – n'était-ce pas le droit, plutôt ? – déjà tu l'oubliais. Plus de peur que de mal, te disais-tu. Plus de peur que de mal.

Tout en me remémorant cela, je m'étais relevé sur un pied en m'agrippant à la rampe. Il fallait bien que je sois fixé. Je me suis d'abord mis à sautiller sur une jambe, dans l'entrée, puis j'ai tenté de faire quelques pas en posant avec précaution la pointe de mon pied sur le sol. Comme cela était supportable, je l'ai posé à plat, mais sans y mettre tout mon poids. Peu à peu, à mesure que je la sollicitais, ma cheville se désengourdissait et la douleur s'estompait. Et voyant que les choses n'étaient pas aussi graves que je l'avais pensé, je reprenais espoir. Tu remarcheras, je me disais, tout en boitillant. Plus de peur que de mal. Tu remarcheras comme avant. Ça y est, regarde, tu remarches déjà !

Je me suis rassis sur l'escalier, j'ai remis ma chaussure avec précaution et noué mes lacets en les serrant autant que je le pouvais, mais pas autant que je l'aurais voulu, dans la limite du raisonnable, cela va sans dire, étant donné leur extrême fragilité. Je suis sorti de l'immeuble et, sur le trottoir, en constatant au bout de quelques pas prudents que tout rentrait dans l'ordre, que ma cheville tiendrait bon, je me suis mis en chemin à grandes enjambées. Le cordonnier chez lequel j'avais l'intention de me rendre n'était pas tout près d'ici, j'avais déjà perdu beaucoup de temps, et ma journée n'y suffirait peut-être plus, maintenant, à faire tout ce que j'avais prévu de faire aujourd'hui. J'ai pressé le pas encore.

Tandis que je laissais mon esprit divaguer, j'ai pensé qu'en mettant bout à bout tous les lacets de son existence, que l'on nouerait ensemble de la première paire à la dernière, on devrait pouvoir mesurer la longueur de sa vie avec une certaine exactitude, en mètres, plutôt qu'en années, ce qui me semblait plus approprié. Et l'on serait sans doute bien étonné de voir combien ce long lacet, ainsi obtenu, serait court. Combien de mètres au juste pouvait-on espérer ? En y réfléchissant davantage, j'ai bien été forcé d'admettre, pourtant, que cette méthode avait ses limites et ne pouvait pas s'appliquer à tout le monde, et notamment à certains privilégiés qui possédaient, au cours de la même période, plusieurs paires de chaussures qu'ils portaient en alternance, selon les jours ou les saisons, au gré de leurs envies. En mettant bout à bout toutes leurs paires de lacets, cela donnerait à croire, du coup, qu'ils ont vécu bien plus longtemps que ceux qui ne possédaient qu'une seule paire de chaussures à la fois, ce qui évidemment est absurde. Quoique… Ce n'est pas sûr. Il faudrait creuser la question.

Tout au contraire, on pourrait déduire à tort, en examinant à la fin de ses jours le chapelet de lacets d'un unijambiste, que sa vie a été deux fois plus courte que celle de quelqu'un qui était en possession de ses deux jambes. Et l'on aurait vite fait de conclure que l'on vit deux fois moins longtemps avec une seule jambe qu'avec deux. Ce qui n'est évidemment pas le cas. Quoique… Je ne sais pas. Cela devient très compliqué. On ne s'en sort plus. Que penser alors du cas d'un unijambiste qui ne se serait toujours chaussé que d'une pantoufle ? Cela conduirait à croire qu'il n'a pas vécu, ce qui n'est pas défendable non plus. Sans parler du problème des femmes qui ne mettent que rarement des chaussures à lacets. Pourrait-on en déduire, pour autant, que les escarpins nuisent gravement à la santé ?

Mon idée ne valait décidément pas grand-chose et n'avait pour seul intérêt que de m'avoir occupé l'esprit pendant une partie de mon chemin. Toujours est-il que pour moi qui suis encore en possession de mes deux jambes, qui ne porte que des chaussures à lacets et n'en change que lorsque vraiment celles-ci demandent grâce, ce serait une méthode de mesure qui donnerait malgré tout une idée assez juste du chemin parcouru. Et une fois ma dernière paire usée jusqu'à la corne sous mes pieds, juste avant mon dernier souffle, cela me plairait assez, je crois, que l'on déroule sous mes yeux, nœud après nœud, ma guirlande de lacets.

Encore faudrait-il pour cela que j'aie conservé quelque part tous mes lacets, dans une boîte à chaussures ou un tiroir prévu à cet effet, depuis mes tout premiers petits chaussons de laine, lorsque je ne savais même pas encore que mes pieds m'appartenaient. Ce qui n'est malheureusement pas le cas. Cela n'avait donc pas le moindre intérêt. J'ai préféré oublier tout ça.

C'est incroyable, je me suis dit, les idées stupides qui vous traversent la tête, pour peu qu'on laisse un peu son esprit vagabonder, comme un jeune chien auquel on retire sa laisse. Si je parvenais, par je ne sais quel procédé, à canaliser et à transformer en énergie toutes ces pensées inutiles qui s'entrechoquent et s'échauffent dans ma tête, je pourrais sans doute faire tourner des turbines, produire de l'électricité. Assez, j'en suis sûr, pour éclairer toute une ville. C'est une idée qui méritait peut-être d'être creusée, d'ailleurs. Je me suis mis à y réfléchir plus sérieusement, du coup, en me livrant, comme ça, à la louche, à ce qu'on pourrait appeler une sorte d'étude de faisabilité.

J'aurais mieux fait de regarder où je posais les pieds. C'est ce qu'on serait sans doute tenté de me dire. Et pourtant, non, ce n'est pas à cause de ça, parce que, bien qu'absorbé par mes pensées, cette merde, au milieu du trottoir, cet iceberg, devrais-je dire, forcément je l'ai repérée de très loin – on ne voyait que ça – et avec beaucoup de lucidité, instantanément, j'ai pris la décision de l'éviter par la droite, d'autant qu'un passant qui arrivait en face de moi, sur le même trottoir, pas très large à cet endroit, déviait déjà légèrement sa trajectoire et manifestait l'intention de le contourner par la droite lui aussi – c'est-à-dire qu'il passerait à ma gauche. Si chacun de nous maintenait son cap et sa vitesse respective, à vue d'œil, je prévoyais que nous nous croiserions à hauteur de l'obstacle. Tout ça pour dire que je n'ai donc pas été distrait, que j'ai amplement eu le temps de manœuvrer, et tout s'est bien passé comme prévu jusqu'à ce qu'en arrivant au niveau de l'étron, mon pied gauche échappe à ma vigilance et fasse un écart brusque et soudain pour aller se jeter dessus, dedans, avec la même détermination que si j'avais cherché à écraser un insecte qui se serait trouvé là sur le sol, sans vouloir lui laisser la moindre chance. Inutile de décrire le visage consterné du passant que je croisais. Le mien, n'en parlons pas non plus. Ce haut-le-cœur dont j'ai été saisi…

Ce devait être un chien immense qui était passé par là – trois ou quatre mètres de haut, à vue de nez –, un molosse débordant de santé et d'appétit. Un chien heureux, pas constipé du tout. Il devait avoir un maître attentionné, le poil soyeux, une nourriture équilibrée. Je l'avais déduit, tout cela, d'un rapide coup d'œil, à ce qui me semblait bien être de petits morceaux de carottes et des grains de riz collés jusque sur ma chaussette. De le savoir heureux, cela ne me rendait pas ce chien plus sympathique. Au contraire, je l'ai maudit, lui et tous ceux de sa race.

Si j'avais eu les moyens de m'offrir une nouvelle paire de chaussures, j'aurais abandonné les miennes sans hésiter, la gauche, au moins, que j'aurais laissée sur place avant de poursuivre à cloche-pied. À quoi me serviraient, me suis-je dit, de beaux lacets si, sous la semelle, je trimballe avec moi toute la puanteur du monde et de l'enfer des chiens damnés ? Que restait-il maintenant de mon enthousiasme de départ ? De cette gaieté matinale, si rare et déjà évanouie ? Comment oserais-je, dans cet état, me présenter devant mon cordonnier ? Je m'apprêtais donc à renoncer, furieux, j'allais rentrer chez moi, lorsqu'en réalisant que j'avais tout de même déjà fait plus de la moitié du chemin, je me suis ravisé, bien forcé d'admettre aussi qu'une nouvelle paire de lacets, noués bien serré, m'était plus que jamais nécessaire si je souhaitais reprendre en main le cours de ma journée. J'ai grossièrement décrotté ma chaussure en la grattant contre le sol et l'arête du trottoir. Je l'ai trempée dans une flaque. Et pour les finitions, j'ai sacrifié mes chaussettes que j'ai dû abandonner ensuite dans le caniveau. Puis je me suis remis en chemin.

Cela aurait sans doute été un peu trop simple, en arrivant enfin devant chez mon cordonnier, si je n'avais eu qu'à pousser la porte au son du petit carillon. « Bonjour, monsieur, j'aurais voulu une paire de lacets, s'il vous plaît. – Quel genre de lacets voulez-vous, monsieur ? – Des lacets noirs, cirés, de soixante-quinze centimètres de long. – Voilà, monsieur. Cela fait tant et tant. – Ce n'est pas très cher. Je me demande si je ne vais pas vous en prendre une autre paire, encore. – Vous avez bien raison, on n'est jamais assez prudent. – J'ai failli oublier… Une boîte de cirage noir, aussi, s'il vous plaît. Combien je vous dois pour tout ça ? – Tant et tant. Et gardez bien la facture, surtout, ils sont garantis deux ans en cas de rupture. – Voilà, monsieur. – Merci bien et bonne journée. – À vous aussi. Au revoir, monsieur. » Et de nouveau, le tintement du petit carillon. Mais cela ne s'est pas passé comme ça, puisqu'en fait j'ai trouvé porte close, et ce n'est qu'après avoir tenté de la pousser et de la tirer à plusieurs reprises que j'ai fini par prendre un peu de recul et qu'alors seulement j'ai vu ce papier pourtant affiché juste sous mon nez : « Fermeture exceptionnelle. » Rien d'autre n'était précisé, ni son motif ni sa durée. Peut-être ne s'agit-il que d'une fermeture exceptionnelle de quelques minutes, me suis-je dit. J'ai donc attendu là, devant la boutique, en essayant obstinément, de temps en temps, de pousser la porte, en cherchant à y voir quelque chose à l'intérieur, mon nez collé à la vitrine, mes mains comme des œillères. J'ai fini par me faire à l'idée qu'il n'ouvrirait probablement pas aujourd'hui, que selon toute vraisemblance, s'il ne s'était absenté qu'un court moment, il aurait sans doute écrit « Je reviens dans cinq minutes », plutôt que « Fermeture exceptionnelle ».

J'ai donc réfléchi à une solution de repli. Je tentais de me souvenir où se trouvait cet autre cordonnier, pas très loin d'ici, dans une rue perpendiculaire à celle-ci, lorsque trois types à l'air louche m'ont abordé. J'ai pensé qu'ils avaient l'air louche, je m'en souviens, mais je me souviens aussi l'avoir regretté immédiatement, car je sais bien qu'il ne faut pas juger les gens d'après leur apparence, et derrière trois faces de brutes, il peut y avoir des êtres d'une grande sensibilité pour peu que l'on se donne un peu la peine d'oublier ses préjugés. Trois types, donc, m'abordent sans excès de politesse, mais souriants, malgré tout – d'un sourire étrange, peut-être, mais souriants, quoi qu'il en soit –, pour me demander de leur indiquer une rue que, par chance, je situais tout à fait. J'étais bien content de pouvoir me rendre utile, pour une fois, car ce n'est pas tous les jours que je suis capable de renseigner des passants qui s'obstinent d'ordinaire, comme un fait exprès, à vous demander la ruelle insignifiante dont vous ne soupçonniez même pas, jusque-là, l'existence, alors qu'il y a pourtant quantité d'autres rues, d'avenues, de places et de boulevards que vous connaissez parfaitement, mais où apparemment personne ne souhaite jamais se rendre. Combien de fois m'était-ce arrivé de répondre que je n'étais pas du quartier, ni même de cette ville, plutôt que d'avouer mon ignorance ? Mais pour une fois, donc, je savais, et sans hésiter, je me suis mis à leur indiquer le chemin en m'efforçant d'être de la plus grande clarté, malgré leur attitude qui pourtant ne me facilitait pas la tâche, car aucun d'entre eux, curieusement, ne semblait attentif à mes explications. Ils donnaient même l'impression, pour tout dire, de s'en désintéresser complètement. Le premier regardait en l'air, le second se rongeait les ongles avec une application frénétique, tandis que le troisième vidait ses poches dans sa main, une à une, en y cherchant je ne sais quoi avec agacement.

J'ai tout de même poursuivi jusqu'au bout, et une fois que j'ai eu fini de leur indiquer la rue qu'ils me demandaient, au lieu de me remercier et de s'y rendre, tout simplement, ils sont restés plantés là, devant moi. « Voilà, j'ai dit, c'est facile... » pour bien leur faire comprendre que j'avais terminé. Ils n'ont pas bougé pour autant. « Vous pouvez pas vous tromper », j'ai ajouté encore, au bout de quelques secondes d'un silence qui devenait pesant. Ils se sont alors longuement interrogés du regard, puis celui du milieu a parlé. « On n'a rien compris », m'a-t-il dit d'un ton catégorique. « Rien du tout », a confirmé celui qui se tenait à sa droite. L'autre n'a rien dit. « T'as compris quelque chose, toi ? » lui a demandé celui du milieu. « Que dalle », a-t-il fait, après avoir craché de côté une petite rognure d'ongle qu'il avait sur le bout de la langue. « Va falloir nous réexpliquer, alors », m'a fait celui du milieu. J'ai hésité un peu, j'ai souri bêtement, je me suis demandé s'il était vraiment sérieux, et voyant qu'il attendait effectivement que je reprenne mes explications, j'ai donc recommencé, plus lentement encore qu'auparavant, en articulant exagérément, comme s'ils n'avaient pas parlé la même langue que moi, comme s'ils n'avaient parlé aucune langue, tout cela accompagné de grands gestes du bras pour que les mots « gauche » et « droite » leur semblent moins abstraits. Et pendant que je m'adressais au seul d'entre eux qui, au moins, cette fois, daignait m'accorder un peu d'attention, je tentais, non sans mal, d'ignorer les deux autres qui s'échangeaient de petits coups de coude en se payant visiblement ma tête.

Lorsque j'ai eu fini pour la seconde fois, ils m'ont regardé tous les trois, en me souriant, comme s'ils attendaient encore quelque chose de moi. Ils me mettaient de plus en plus mal à l'aise. J'ai pensé qu'ils devaient s'être échappés de je ne sais quelle maison de fous et qu'il valait mieux maintenant que je m'éclipse avant qu'ils ne me demandent de reprendre mes explications, une fois encore, ou peut-être davantage, et qu'ils s'énervent, à la longue, à force de n'y rien comprendre, ce dont ils finiraient, à coup sûr, par me rendre responsable. « Ma parole, a dit, alors, celui du milieu aux deux autres, il nous reconnaît pas... – Ou alors, il fait celui qui nous reconnaît pas, plutôt », a ajouté celui de droite. « C'est dingue, ça, a fait l'autre. – Tu nous reconnais pas, c'est vrai ? » m'a demandé celui du milieu. « Ce serait plutôt que ça l'arrange de pas nous reconnaître, oui », lui a rétorqué son voisin de gauche. « Laisse-le répondre, tu veux ! » a dit avec fermeté celui du milieu. L'autre a eu un bref ricanement.

Je n'aime pas quand les choses s'engagent de la sorte. Je sais trop bien à quoi peut mener ce genre de questions, et c'est pourquoi j'ai tout fait d'abord pour éviter d'y répondre. Mais voyant qu'ils tenaient vraiment à ce que je m'exprime, j'ai fini par hausser les épaules, pensant naïvement qu'ils se satisferaient peut-être de cette réponse un peu floue qu'ils seraient libres d'interpréter comme bon leur semblerait. « Ça veut dire quoi, ça ? » m'a demandé celui du milieu, en singeant mon haussement d'épaules et mon air embarrassé. « C'est que... je ne suis pas très physionomiste », lui ai-je répondu. Il n'a rien dit, mais, à son visage, j'ai remarqué que je l'avais contrarié. « Pas très physionomiste... » a répété, pensif, celui de droite, en secouant la tête. « C'est vexant, ça », a fait celui de gauche. « Viens un peu par là, alors. On va te rafraîchir la mémoire », m'a dit pour conclure celui du milieu, d'une voix d'une douceur inquiétante, tout en me passant son bras autour du cou pour m'inciter à le suivre. Celui qui se tenait à sa droite a fait de même de l'autre côté. Le troisième nous a emboîté le pas et, de temps en temps, il posait ses deux mains sur mes épaules et s'agrippait à moi de tout son poids, comme si nous jouions au petit train. À première vue, cela paraissait plutôt joyeux, et on aurait pu croire à une bande de quatre vieux copains éméchés, partie faire la tournée des bars. Mais avec un peu plus d'attention, quelqu'un qui n'aurait pas détourné la tête ou regardé ses pieds comme le faisaient les gens que nous croisions se serait sans doute demandé pourquoi j'avais, moi, les joues si rouges et ces yeux écarquillés qui semblaient vouloir accrocher à tout prix un regard.

Comme j'ai regretté à cet instant de ne pas avoir écouté mes pieds. Comme j'aurais été bien, chez moi, me suis-je dit, à l'heure qu'il est, à me lamenter de ce lacet cassé, à me répéter que décidément je n'avais jamais de chance, que ma journée était gâchée.

Nous n'avons marché que quelques dizaines de mètres et ils m'ont entraîné au fond d'un passage, juste à côté, tellement étroit que l'on devinait à peine une bande de ciel entre les toits. « Bon alors, comme ça, tu nous reconnais pas ? » a recommencé celui du milieu qui, de nouveau, se retrouvait entre ses deux acolytes. Ce devait être la place qui lui revenait en toutes circonstances, comme le chef de famille en tête de table, alors que celles des deux autres, par contre, devaient être interchangeables, car celui qui était précédemment à la droite de celui du milieu était maintenant à sa gauche, et celui de gauche se retrouvait à sa droite, ce qui devait signifier que leurs places respectives n'avaient pas grande importance et qu'ils occupaient probablement, dans leur petite hiérarchie, le même rang l'un et l'autre. Celui que j'avais pris à tort pour le bras droit de celui du milieu pouvait donc tout aussi bien être son bras gauche, selon les moments, et vice versa. Il n'est pas dit, non plus, tout bien réfléchi, que celui du milieu avait une quelconque autorité sur les deux autres et qu'en d'autres lieux, s'il m'était donné de les croiser à nouveau, celui-ci ne se retrouverait pas à la droite ou à la gauche de l'un des deux autres qui occuperait cette fois, à son tour, la place du milieu. Peut-être, donc, était-ce simplement le hasard qui à deux reprises l'avait placé entre ses acolytes. Mais tout cela n'a finalement aucune importance, et peu importe où se tenait celui-ci par rapport à celui-là, car ce que disait l'un pouvait être dit par les deux autres, de même que ce qu'ils faisaient. Je ne sais plus, d'ailleurs, lequel d'entre eux a commencé à me pousser. Je crois bien que c'était celui de gauche. Disons que c'était lui. Je suis tombé en arrière, déséquilibré sans doute plus par la surprise que par la force de son mouvement. Une fois relevé, j'ai à peine eu le temps de m'essuyer les mains sur mes cuisses que celui de droite m'a poussé à son tour. Mais je ne suis pas tombé, cette fois, j'ai pu me rétablir en reculant de quelques pas. Lorsque celui du milieu, en revanche, s'y est mis lui aussi, je me suis étalé de tout mon long et la chute a été rude.

Si l'on préfère éviter de se battre – ce qui était mon cas –, il vaut mieux ne pas réagir aux provocations, quitte à s'asseoir sur sa fierté. Car s'ils s'étaient mis à me bousculer, c'était dans le seul but de me forcer à réagir et leur offrir ainsi l'occasion rêvée de se défouler et de me frapper sans retenue. Je n'allais pas tomber dans leur piège. Ils auraient été bien trop heureux que je perde mon sang-froid et qu'en sortant de mes gonds, dans un geste inconsidéré, je m'en prenne à l'un d'entre eux, ou même simplement que je leur manque de respect. En ne leur offrant aucune résistance, ils finiraient rapidement par se lasser de ce petit jeu, et voyant que je ne leur étais on ne peut plus soumis, une fois toute leur agressivité déchargée sans qu'elle n'ait rencontré le moindre obstacle, comme diluée dans un grand vide, ils me tourneraient le dos et s'en iraient en me laissant avec quelques ecchymoses – c'était à craindre –, mais triomphant de sagesse.

Ils s'amusaient encore à mes dépens, pour l'instant, et ne s'interrompaient que de temps à autre pour me demander si je finissais par me souvenir d'eux ou non. Comme je restais muet, ils se remettaient à me bousculer, à tour de rôle, ou se disputaient leur tour, parfois d'une seule main, parfois des deux, tandis que moi, tantôt je m'étalais sur le pavé, tantôt je m'écrasais contre le mur. Pour bien les conforter dans leur sentiment de supériorité, je dois reconnaître que j'en rajoutais même un peu. Je donnais dans le spectaculaire. Je poussais des cris pas toujours sincères. Je reculais d'une bonne dizaine de mètres en faisant des moulinets avec les bras quand j'aurais aussi bien pu me contenter de ne faire qu'un pas ou deux pour retrouver mon équilibre.

Je m'en suis lassé avant eux, finalement, car pour leur part ils semblaient toujours pleins d'entrain et tout à fait disposés à y passer la nuit. Mon dos a heurté le rebord du trottoir. La douleur m'a fait perdre mon sang-froid. « Mais bon Dieu ! j'ai gueulé. Qu'est-ce que vous voulez au juste ? ! Prenez mon argent ! Prenez tout ! je leur ai fait, en sortant mon portefeuille de ma veste, et de mon portefeuille, l'unique billet froissé qu'il contenait. « Voilà, c'est tout ce que j'ai », je leur ai dit encore, sans pourtant espérer une seconde que j'allais pouvoir les acheter pour le prix d'une ou deux paires de lacets et d'une boîte de cirage. Et j'avais bien raison parce que tout ce que j'ai réussi à faire, c'est de les vexer davantage. « Qu'est-ce qu'on veut ? m'a fait celui du milieu, stupéfait. Vaut mieux entendre ça que d'être sourd. Pas vrai, les gars ? – Garde-le ton fric ! a fait celui de gauche, t'en auras besoin pour tes dents. – Tu crois pas que tu vas t'en tirer comme ça, quand même ? » m'a dit l'autre. Ils ont changé de registre, alors, et c'est celui du milieu, je crois bien, qui a donné le *la*, en m'envoyant une grande claque en travers de la figure. Celle du deuxième est allée s'écraser bien à plat sur mon oreille qui s'est mise à siffler. Le troisième m'en a collé une autre qui a failli me décrocher la mâchoire. Puis ils m'ont roué de coups de poing. Je suis tombé à genoux, mes bras par-dessus la tête. Pour éviter d'avoir à se baisser, tout naturellement, ils ont préféré me filer des coups de pied.

Dans des moments pareils, une seconde dure une heure, et c'est donc trois mille six cents fois plus pénible encore. L'avantage, en revanche, c'est qu'en une seconde, on a le temps de réfléchir pendant une heure, et c'est pour ça qu'il vous vient des idées qui paraissent fulgurantes, alors qu'en fait elles sont le fruit d'une longue réflexion. Celle qui m'est venue pour faire cesser mon calvaire au plus vite, c'était de simuler l'évanouissement. Mais ils ne me laissaient aucun répit pour le faire. Chaque coup de pied m'arrachait un cri, qui se prolongeait en un long gémissement, que n'interrompait que le coup suivant qui me faisait hurler de plus belle, et ainsi de suite, et par la force des choses, donc, je ne parvenais pas à rester inerte et muet, et voyant que je réagissais encore, ce dont ils se délectaient, ils continuaient à s'en donner à cœur joie. Je n'ai très vite plus eu besoin de chercher à jouer la comédie. J'ai perdu connaissance pour de bon.

J'ai même rêvé. Si tant est que l'on puisse parler d'un rêve en de telles circonstances. J'étais chez moi, assis sur une chaise, face à la fenêtre, mes coudes appuyés sur mes cuisses, une main enfoncée dans l'une de mes chaussures dont j'avais retiré les lacets, une brosse dans l'autre main. Et le cuir brillait d'un tel éclat qu'il m'était difficile de ne pas plisser les yeux. Tout était infiniment paisible.

J'ai repris connaissance, la tête sur le pavé, combien de temps après, je serais bien incapable de le dire. Pour toute consolation, j'espérais qu'ils avaient fui en me laissant pour mort et qu'ainsi, toute leur vie, ils seraient persuadés d'avoir la mienne sur la conscience. Rongés par la culpabilité, c'était au minimum à un bel ulcère auquel ils auraient droit. En attendant la damnation pour plus tard. C'est tout ce que je leur souhaitais.

Après m'être tortillé un peu, au sol, j'ai trouvé la force de me relever, et j'ai repris, titubant, le chemin du retour. À travers mes yeux gonflés, je n'y voyais plus très clair. J'avançais les bras tendus devant moi, pour éviter les passants, les réverbères. Il me semblait n'être plus qu'un hématome de la tête aux pieds. À chaque os, chaque muscle, sa douleur, chaque centimètre carré de ma peau, sa plainte et sa grimace. Même les regards que l'on posait sur moi me faisaient un mal de chien.

À mi-chemin, il s'est mis à pleuvoir. Rien que quelques gouttes, d'abord, puis de plus en plus fort. Je me suis arrêté au milieu du trottoir déserté et j'ai penché ma tête en arrière pour profiter de cette fraîcheur inespérée et me laver le visage de ce masque de sang séché qui déteignait sous la pluie.

Mes pieds m'ont ramené à bon port, et j'ai franchi, enfin, la porte de mon immeuble. Il me fallait gravir encore les marches de l'escalier, le souffle court, et comme des coups de couteau entre les côtes à chaque inspiration. J'aurais donné cher pour une corde et deux piolets, et quelqu'un là-haut, surtout, au bout de la corde, pour m'éviter de tomber à la renverse, pour me hisser.

Je montais en laissant derrière moi, par endroits, des traînées rouge clair, d'eau et de sang mêlés, et parfois même, façon peinture rupestre, ma main tout entière tamponnée au mur.

Je n'étais qu'au deuxième lorsque je l'ai entendue sortir de sa loge. Je savais bien que de derrière son rideau elle n'avait rien manqué de mon retour glorieux. J'ai tout entendu de ses soupirs excédés, de ses commentaires désobligeants et de ses jurons entre les dents, et puis après, aussi, alors que je poursuivais mon interminable ascension, le bruit du seau plein à ras bord qu'elle a posé lourdement sur les marches, le tintement dissonant de l'anse qui retombe, le clapotis du petit raz-de-marée qui passe par-dessus bord, et le torchon qu'elle a trempé dans la mousse en me maudissant encore.

J'ai mis des jours et des jours à désenfler. Du matin au soir, je ne me suis consacré qu'à cela. Ai-je vraiment désenflé au bout du compte ? Il me semble que non, pour tout dire. Pas tout à fait, en tout cas, j'en ai bien peur. De mes hématomes, heureusement, il ne reste aucune trace. Ils se sont estompés, lentement, ils ont viré, jour après jour, du bleu, au mauve, au marron, au jaune, puis au vert, avant de disparaître pour de bon. J'ai l'impression, pourtant, je ne sais pas à quoi cela tient, que je n'ai pas tout à fait retrouvé mon visage d'avant.

Je passe de longs moments face au miroir à essayer de comprendre d'où me vient ce sentiment. Je me dévisage, je me tâte du bout des doigts. Je tourne la tête, d'un côté et de l'autre, je m'observe du coin de l'œil. Et plus je me regarde, moins je me reconnais. L'éclairage y est peut-être pour quelque chose, c'est un fait. Tout dépend d'où vient la lumière, de son intensité. Tout dépend où se posent les ombres et les reflets. J'ai plus ou moins mauvaise mine selon que j'allume le plafonnier, le petit néon pisseux au-dessus du miroir, les deux à la fois, ou bien encore, lorsque à travers la fenêtre c'est un rayon de soleil qui prend le dessus. Mais les différences restent minimes et si l'on n'y regarde pas de trop près, d'ordinaire, je retrouve à peu près au matin celui que j'ai mis au lit la veille au soir. Ces derniers jours, pourtant, ce n'est plus vraiment le cas. M'auraient-ils vraiment rectifié le portrait ? Je m'interroge.

Ai-je toujours eu ce visage asymétrique ? Ce front bombé était-il vraiment si bombé avant ? Et lorsque je m'observe de trois quarts, il me semble que mon nez, également, était un peu plus droit. Et cet œil, légèrement plus petit que l'autre, du fait que la paupière le recouvre davantage, comment n'aurais-je pas remarqué cela auparavant ? Certes, c'est à peine perceptible, quelqu'un à qui je parle, même en pleine lumière, même si la conversation se prolonge, ne s'en rend peut-être pas compte, mais moi, devant ma glace, je le vois bien, je ne vois plus que ça. Et à moins que cela ait toujours été, ce dont je doute fortement, je me dis qu'il est bien probable que les coups que j'ai reçus en soient la cause.

Ce serait assez rassurant, au fond, de me dire que je me fais des idées, que je me découvre en fait tel que je suis depuis toujours – mieux vaut tard que jamais –, et qu'à force de passer autant de temps à se dévisager, à s'observer à la loupe, comment en serait-il autrement, n'importe qui finirait par se trouver bizarre.

Il m'arrive parfois d'éprouver un trouble identique avec certains mots, souvent d'ailleurs les plus ordinaires, sur lesquels, sans raison, je trébuche et je m'arrête, intrigué par leurs sonorités jusqu'alors pourtant familières et qui soudain me paraissent étranges ou ridicules. Plus je les répète sur tous les tons, en articulant bien pour tenter de me les réapproprier, plus ils m'échappent et me semblent irréels. Je me demande, à force, s'ils signifient au moins quelque chose pour quelqu'un d'autre que moi. Et je finis par en perdre complètement le sens.

J'aimerais pouvoir me dire que tout ça n'est que le fait de mon imagination. J'aimerais pouvoir y croire, je ne demande que ça. Mais que l'on m'explique alors pourquoi, si ce sont des idées que je me fais, ce matin même, le facteur que j'ai croisé dans l'escalier ne semble pas m'avoir reconnu, lui non plus. Je montais, il redescendait, je l'ai regardé avec insistance, j'ai même marqué un arrêt. J'étais tout prêt à le saluer, à lui pardonner pour l'autre fois, s'il avait au moins daigné me jeter un regard. À moins qu'il n'ait voulu faire celui qui ne m'avait pas vu, ce qui dans un escalier aussi étroit est tout de même difficile à avaler. À moins qu'il n'ait ostensiblement cherché à m'ignorer, et alors je me demande bien pourquoi, car si l'un de nous deux était en droit de faire le fier, il me semble que c'est moi.

Quoi qu'il en soit, s'il m'avait simplement salué, cela n'aurait pas suffi non plus pour me laisser penser qu'il m'avait reconnu, cela n'aurait été que la moindre des politesses, et il aurait tout aussi bien pu saluer un parfait inconnu. Est-ce à dire, alors, puisqu'il n'avait même pas pris cette peine, que j'étais moins pour lui qu'un parfait inconnu ?

Je n'aurais eu la certitude qu'il m'avait reconnu que s'il avait pris le temps de me dire quelques mots, que s'il m'avait au moins appelé par mon nom. « Comment allez-vous, monsieur Simon ? » Alors seulement j'aurais pu être sûr qu'il me remettait, même si je le lui ai déjà fait remarquer mille fois, je ne suis pas ce « Pierre Simon » pour qui il me prend, mais ça, après tout, c'est presque un détail et j'ai fini par me lasser de le lui répéter.

Son indifférence à mon égard m'intriguait d'autant plus qu'il était venu chez moi. Je le sais parce qu'en rentrant j'ai trouvé une lettre qu'il m'avait glissée sous la porte. Une de plus. Cela faisait un petit bout de temps qu'il ne m'en avait pas apporté. Je l'ai ramassée et après avoir constaté d'un rapide coup d'œil qu'elle ne m'était pas adressée, pas plus que les précédentes, mais sans pour autant éprouver la moindre déception, sans l'ouvrir, je l'ai posée sur toutes les autres, sur le petit meuble de l'entrée, en attendant de m'en débarrasser un jour prochain. Pourquoi, d'ailleurs, me suis-je dit, remettre encore ce moment à plus tard ? Pourquoi ne pas le faire immédiatement ? J'ai donc pris les lettres avec l'intention de les déchirer une à une avant de les jeter. Je m'étais saisi de la première, je l'entamais déjà entre mes doigts lorsqu'une petite résistance m'a fait interrompre mon geste. Elle devait être bien longue, cette lettre, à en croire l'épaisseur de l'enveloppe et, à l'intérieur, le pli du papier faisait sans doute obstacle à la déchirure. Il a suffi de cette hésitation, de ce petit moment de faiblesse, pour que mon regard s'attarde un peu sur les courbes et les boucles de cette écriture à laquelle je n'avais jusqu'alors jamais vraiment prêté attention et dont tout semblait indiquer qu'elle était celle d'une femme. Je me suis surpris à renifler l'enveloppe, je l'ai retournée plusieurs fois dans ma main, puis je l'ai agitée devant mon visage, comme un éventail, et alors que depuis tout ce temps où ces lettres s'empilaient là, dans l'ombre et la poussière, et mon indifférence, jamais cette idée ne m'avait même traversé l'esprit, cette fois, pourtant, je l'ai ouverte.

Et je l'ai lue. Et l'ai relue. J'ai lu la précédente, ensuite, et celle d'avant, aussi, et toutes les autres. Et une fois que je les ai eu toutes relues, certaines plusieurs fois de suite, même, j'ai pris une chaise sur laquelle je me suis assis de travers, en m'accoudant à un coin de table pour les relire encore, l'une après l'autre, en commençant par la première, cette fois. Et comme j'aurais eu tort, vraiment, de m'en débarrasser, car ce n'est pas tous les jours que l'on reçoit de si belles lettres d'amour. Ce n'est pas tous les jours que l'on reçoit des lettres d'amour tout court, en fait. Ce n'est pas tous les jours que l'on reçoit des lettres, d'ailleurs. Des lettres interminables tout au long desquelles par moments elle s'enflamme, à d'autres elle se morfond, se désespère de n'avoir jamais aucune réponse. Elle n'a de cesse que de pleurer, dit-elle, et par endroits, c'est vrai, sur le papier, l'encre et le mascara se sont mêlés. Elle dit qu'une si belle histoire ne peut pas finir comme ça, il ne faut pas. Elle dit qu'elle a pris peur, voilà peut-être pourquoi. Elle l'implore, le supplie, lui demande pardon, et la lettre suivante, il n'a qu'à s'en prendre à lui-même, c'est tout autant de sa faute, et plus jamais elle ne veut entendre parler de lui. Puis quelques lignes plus bas, elle lui ordonne de lui répondre, lui conjure de l'aimer à nouveau. Et ce qui est fait est fait, ce qui est dit est dit, elle ne regrette rien, et il est trop tard, maintenant, mais il est peut-être encore temps. Elle s'en veut tellement, mais lui en veut tout autant. La seule chose dont elle est encore sûre, c'est de ce qu'elle éprouve à son égard et qu'elle éprouvera toujours, quoi qu'il advienne. C'est une épreuve dont ils peuvent, dont ils doivent ressortir plus forts. « Après tout, dit-elle, ce n'est qu'une écharde, une poussière dans l'œil, un nuage qui passe. » Mais dans une autre lettre, tout espoir est perdu. « C'est une blessure si profonde qu'elle ne se refermera plus. » Et qu'importe s'il s'obstine à ne jamais lui répondre, elle continuera à lui écrire jusqu'à ce que le chagrin l'emporte ou qu'il veuille bien la reprendre dans ses bras. Elle attendra ce moment, ou rien qu'un signe de lui, le temps qu'il faudra, elle aura cette infinie patience, elle la lui doit. Et dans la lettre suivante, elle dit qu'il faut tourner la page, qu'ils vont parvenir à s'oublier peu à peu, et sans doute n'étaient-ils pas faits l'un pour l'autre, voilà tout, et quelques lignes plus bas, « souviens-toi, écrit-elle, souviens-toi ».

Je suis resté songeur. Je n'étais pas sûr d'avoir tout saisi, au juste, mais je ne cache pas que, sur certains passages, j'ai laissé tomber une petite larme, moi aussi. Même si cela ne me concernait en rien, il ne m'était pas interdit de m'émouvoir un peu, de compatir à sa peine.

J'ai replié soigneusement les lettres et les ai glissées dans leurs enveloppes l'une après l'autre. J'ai veillé à ce que chacune retrouve son enveloppe respective en faisant correspondre le cachet qui figurait dessus avec la date qu'elle avait inscrite en haut de chaque lettre. Mais je n'étais pas à ce que je faisais et cela m'a pris un temps considérable.

Assis à table, encore un moment, une main posée à plat sur le petit paquet de lettres empilées, j'ai longuement regardé le plafond qui était comme crevé, là où la peinture s'écaillait. Puis je me suis levé en soupirant et me suis dirigé vers la fenêtre où j'ai laissé mes yeux se perdre de l'autre côté de la cour sur les fenêtres d'en face.

J'en suis resté tout chose, tout le restant de la journée, incapable de me consacrer, ni même de penser à quoi que ce soit d'autre qu'à ces lettres et à celle qui les avait signées, dont, au moins, je connaissais le prénom, maintenant. Je l'ai répété à voix basse et dans ma tête un certain nombre de fois. Elle s'appelait Mirna.

Quant à ce type, ce « Pierre Simon », il avait bien de la chance, j'ai pensé, tout en réalisant qu'il n'était pas si chanceux que cela, au fond, puisque ces lettres ne lui étaient même pas parvenues. J'ai surpris sur mes lèvres un petit sourire qui semblait s'en réjouir.

Un peu plus tard, j'ai eu comme des bouffées de mauvaise conscience. Je me suis mis à regretter de m'être laissé aller à lire ces lettres, d'avoir fait preuve de tant de faiblesse. J'ai maudit le facteur qui, par son obstination idiote, y était aussi pour quelque chose. J'ai fait les cent pas à travers la pièce. J'ai respiré profondément à la fenêtre grande ouverte, et peu à peu, j'ai pu me raisonner, reprendre le dessus, et ravaler tous mes scrupules. Qu'y avait-il de mal, après tout, à avoir lu ces lettres, puisque je n'en connaissais ni l'expéditeur ni le destinataire ? Bien au contraire, quel dommage cela aurait été qu'elles ne soient jamais lues par personne, qu'elles finissent oubliées dans un coin sombre, ou en cendres, ou pire encore en petits morceaux de papier agglutinés aux restes de midi. Plus que des mots épars au milieu des coquillettes, et par-dessus, encore, le marc de café, et pour finir, l'huile des sardines du soir. Quel triste sort leur avais-je épargné.

Peut-être bien, me suis-je dit, en reprenant confiance, qu'il valait mieux, par je ne sais quel concours de circonstances, qu'elles me soient parvenues à moi, plutôt qu'à leur destinataire qui, j'en étais persuadé, n'aurait même pas pris la peine, lui, de les ouvrir. Ou peut-être n'y aurait-il jeté qu'un œil distrait, les aurait-il parcourues en diagonale, un sourire narquois aux lèvres. C'était bien son genre. C'était comme ça que je me l'imaginais.

Mirna m'est apparue en songe, la nuit suivante. Mirna, plus douce et désirable encore que dans mes rêves éveillés. Et c'est au cours de cette nuit-là que nous nous sommes réconciliés, que nous avons célébré nos retrouvailles. Le réveil n'en a été que plus douloureux.

Qu'avait-il de plus que moi, après tout, ce « Pierre Simon » ?

L'autre nuit, dans mon rêve, on frappe à ma porte. C'est ce que j'ai cru, en fait, d'abord, avant d'émerger et de m'apercevoir que l'on frappait effectivement à ma porte, mais d'une drôle de façon, de manière à la fois insistante et pourtant très faiblement, comme si l'on frappait tout en hésitant à frapper. J'ai sorti la tête de mon oreiller. Je n'ai plus bougé. Plus un bruit, maintenant. Je me suis redressé dans mon lit et j'ai tendu l'oreille encore, et, mis à part ce robinet qui goutte depuis des années, rien que le silence.

Je me suis trouvé un peu ridicule, car tout bien réfléchi il était assez peu probable que quelqu'un ait frappé à ma porte à cette heure-ci. Je ne connais personne qui, passant dans mon quartier en pleine journée, serait susceptible de venir me rendre visite. Je ne connais donc personne, à plus forte raison, qui, par hasard dans le quartier, au beau milieu de la nuit, aurait soudain cette idée. Et même... Même si quelqu'un en avait l'intention, une lointaine connaissance, mettons, quelqu'un que j'oublie, sous l'emprise de l'alcool, alors, probablement – il n'y a que cela pour expliquer un tel comportement –, il faudrait, avant d'arriver sur mon paillasson, qu'il franchisse déjà la porte de l'immeuble, puis qu'il passe très discrètement devant la loge de la gardienne, qui ne dort que d'un œil pendant que son chien ne dort que de l'autre, et cela tout en titubant, en râlant comme un ivrogne. C'est bien peu probable. Il faudrait ensuite, dans son état, qu'il se souvienne de l'étage où j'habite, si tant est qu'il l'ait su un jour, puis qu'il parvienne à gravir les six étages, et une fois arrivé sur mon palier, qu'il se rappelle ou qu'il devine, des quatre portes, quelle est la mienne, et tous ces efforts sous le prétexte de passer me dire bonjour, mais dans l'unique espoir, en fait, que je lui serve un verre. Cela ne tenait pas debout.

Je m'apprêtais à me recoucher. Juste par acquit de conscience, j'ai encore écouté un peu le silence. C'est alors que je me suis demandé s'il était tout à fait exclu que ce soit une connaissance, qui aurait pu, à part quelqu'un de malintentionné, avoir l'idée de venir frapper à ma porte à trois heures du matin. Car il y a des gens pleins de mauvaises intentions, il ne faut pas s'en cacher. Cette idée ne m'a pas rassuré. J'ai allumé la lampe de chevet, je me suis tiré des draps et me suis assis au bord du lit. Admettons… je me suis dit, pour tenter de me prouver par la démonstration à laquelle je m'apprêtais à quel point j'étais ridicule d'imaginer de telles choses. Admettons que quelqu'un de malveillant veuille m'importuner en pleine nuit. Il faudrait d'abord pour cela qu'il soit en possession du code sans lequel il lui est absolument impossible de franchir la porte de l'immeuble. Admettons, je veux bien, qu'il tapote un peu au hasard sur le clavier, ou bien même qu'il fasse preuve de beaucoup plus de méthode, qu'il essaie toutes les combinaisons possibles jusqu'à ce qu'il trouve la bonne. Il est persévérant, infiniment patient, il procède par élimination. Il lui faudrait malgré tout, sans doute, je ne sais pas, des jours et des nuits avant de parvenir à ouvrir cette porte. Mais rien ne dit, pourquoi pas, que cela ne fait pas déjà plusieurs nuits qu'il prépare son coup et qu'il y travaille. On ne peut rien exclure. Mettons même qu'il ait de la chance, beaucoup de chance, et qu'au bout de quelques essais à peine, il tombe sur le bon code, c'est possible, ou admettons qu'il tape d'emblée les chiffres de sa date de naissance, ou je ne sais quel autre nombre fétiche et que cela fonctionne, que la porte s'ouvre, ou même simplement, et c'est finalement plus probable et bien plus facile encore, qu'il fasse le guet au pied de l'immeuble en attendant que quelqu'un y entre ou que quelqu'un en sorte et qu'alors il en profite, lui, pour se faufiler à l'intérieur, discrètement. Ça y est. Il y est arrivé. Il est entré. Soit. Je veux bien.

Le voilà dans le hall devant les boîtes aux lettres. Mais il y a une seconde porte à passer. Elle n'est pas close et cela ne serait qu'une simple formalité, si ce n'était qu'elle grince terriblement et que juste après cette porte, sur sa droite, il va devoir passer devant la loge de la gardienne qui, je l'ai dit, a le sommeil léger, et qui veille au grain avec son mari et son chien. Mais bon… Admettons. Admettons que pour une fois, cette nuit-là, je ne sais pas pourquoi, ils dorment plus profondément que d'habitude. Mettons qu'ils étaient de sortie, qu'ils sont rentrés tard, ils ont dû boire un peu trop et au moment de se mettre au lit, voilà qu'il la taquine, il l'asticote, la tripote un peu sous les draps, comme ça, juste pour voir, pour prendre un peu la température et, voyant, à sa grande surprise, qu'elle ne s'en offusque pas, et tout au contraire, qu'elle en rit d'abord, puis qu'elle se cambre et se trémousse, le voilà pris à son propre jeu, lui qui ne pensait pas devoir en arriver là. Mais la mèche est allumée, il a mis le doigt dans l'engrenage. Maintenant, c'est trop tard. Il a dit A, il doit dire B. Il doit donner de sa personne. Elle en veut, de l'amour, elle en réclame, elle se tortille, elle se pâme. Et lui ne peut pas perdre la face, alors il y va. Un peu à reculons, d'abord, c'est vrai, mais il y va tout de même, et comme l'appétit vient en mangeant, petit à petit, il y met finalement un peu plus de cœur et d'ardeur, malgré l'heure, même si le réveil est mis et qu'il se lève aux aurores. Et voilà qui est fait et bien fait. Il n'a pas démérité. Il a tout donné.

Ils dorment profondément, maintenant, détendus, distendus. Leurs esprits semblent avoir quitté leurs corps. Voilà pourquoi ils n'entendent rien. Admettons, en tout cas. C'est une hypothèse comme une autre. Mais le chien, lui, que fait-il ? Pourquoi est-ce qu'il n'aboie pas quand passe cet individu malintentionné devant la loge ? Ce chien dont on louait jusque-là le flair. Il s'est couché tôt, pourtant, il est resté sobre et chaste, lui – on peut le supposer –, et tous ses sens devraient être en éveil. S'il n'aboie pas, donc, alors qu'il dort pourtant juste à côté de la porte, s'il ne se réveille pas et qu'il n'alerte pas ses maîtres, c'est qu'il n'en a pas eu le temps probablement. C'est que l'homme alors s'est introduit dans la loge pour le faire taire.

Les choses se précisent en même temps qu'elles se gâtent. Ce n'est plus simplement quelqu'un de vaguement malintentionné. Il semble prêt à tout. Ce n'est ni plus ni moins qu'un malade – ou un professionnel. La question n'est pas tranchée. Quoi qu'il en soit, mettons que ce type se retrouve au pied de l'escalier. C'est possible, je ne dis pas. Il en est capable, il l'a prouvé. Une main gantée se pose sur la rampe. Il attaque la première marche. Mais pourquoi choisirait-il alors de venir frapper à ma porte plutôt qu'à n'importe quelle autre ? C'est absurde. J'habite au sixième. Il y a quatre appartements par étage, soit une vingtaine d'appartements dans l'immeuble, sans compter ceux de mon palier. Vingt appartements au moins devant lesquels il doit passer avant d'arriver devant ma porte. Alors pourquoi venir frapper chez moi ?

S'il s'agissait d'un cambrioleur, il choisirait, selon toute logique, de s'introduire dans un appartement des étages inférieurs afin de prendre le moins de risques de croiser quelqu'un, de pouvoir quitter l'immeuble le plus discrètement et le plus rapidement possible, et qui plus est, sans avoir à transporter son butin sur six étages. À moins, ce qui est probable, qu'il n'ait aucune intention de s'embarrasser avec des meubles. Sauf s'il n'est pas seul et qu'il a des complices pour les transporter. Mais laissons ça de côté. Tout ça n'est pas crédible. S'il s'agissait d'un cambrioleur, il ne frapperait évidemment pas à la porte pour s'annoncer. Il trouverait un moyen d'entrer sans frapper. Voilà qui n'est pas rassurant, me suis-je dit. Car si ce n'est pas un cambrioleur, c'est donc bien un déséquilibré. Je me suis levé, et en plus de la lampe de chevet, j'ai allumé la suspension au-dessus de moi, et la lumière du couloir, aussi, et celle de la pièce d'à côté, mais sans aller jusqu'à m'aventurer du côté de la porte d'entrée. J'ai regagné ma chambre aussitôt.

S'il cherche simplement quelqu'un à assassiner, me suis-je dit, pourquoi venir chez moi alors qu'il n'a pourtant que l'embarras du choix ? Du premier au cinquième, il y a des gens derrière chaque porte, et sans aller jusqu'à dire que certains n'attendent que ça, il y en a malgré tout des plus vieux que moi, qui ont déjà bien vécu, qui ont accompli de grandes et belles choses et qui peuvent être fiers du chemin parcouru. Ils sont forts et sereins, leurs bagages sont faits, et cela ne les dérangerait pas plus que ça de recevoir chez eux un assassin à trois heures du matin. Il y en a d'autres, aussi, qui sont las, tellement las, aigris et amers, qu'ils n'attendent plus rien de rien et se porteraient volontiers volontaires, et cette main qui frappe à leur porte, pour eux, c'est une aubaine. Il y a bien de mauvaises personnes, aussi, j'en connais, de vraies teignes, une par palier, au moins, qui n'ont toujours souhaité que le malheur des autres. Je pourrais même donner des noms, je suis prêt à rendre service. Faudrait qu'il vienne me voir, ça fait longtemps que j'habite l'immeuble, j'ai des suggestions à faire, j'ai des idées. Et si c'était pour cette raison qu'il frappait à ma porte ?

Vingt-trois appartements, précisément, sans compter le mien, et c'est chez moi qu'il vient frapper. Cela n'a aucun sens. À moins qu'il n'ait déjà rendu visite à tous les habitants de l'immeuble, et moi, tout là-haut, je suis le dernier. Le dernier dont il ne s'est pas encore occupé. Je suis la cerise sur le gâteau. Le couronnement de son œuvre. Il aime le travail bien fait et ne s'en ira pas sans avoir le sentiment de l'avoir achevé.

Je me suis mis à tourner en rond dans ma chambre. J'ai tenté de ne pas céder à la panique, de me raisonner, de tout reprendre depuis le début, depuis cet instant, alors que j'étais en plein rêve, où il m'avait semblé entendre frapper à ma porte de cette façon si singulière. Je dis bien où il m'avait semblé entendre frapper », car après tout je n'en étais pas absolument sûr. Peut-être n'étais-je pas encore tout à fait sorti de mon rêve à ce moment-là. On ne peut pas dire que ce que j'avais cru entendre était le bruit caractéristique de quelqu'un qui frappe à une porte. Ce pouvait être un volet que le vent faisait cogner doucement contre la façade. Un courant d'air à travers une fenêtre entrouverte. Ou tant d'autres bruits que j'avais mal interprétés. Cela faisait de longues minutes, maintenant, que je n'avais rien entendu. Pourquoi ce visiteur se serait-il si vite découragé ? Il fallait être bien motivé, pourtant, pour venir déranger quelqu'un à cette heure-ci de la nuit.

Pour finir de me rassurer, j'ai pensé qu'il était d'autant plus ridicule d'avoir imaginé que quelqu'un avait frappé chez moi que, sur le montant de ma porte, se trouve une sonnette en parfait état de marche, qu'on ne peut pas manquer.

Dix secondes, tout au plus, se sont écoulées. Et durant l'interminable coup de sonnette qui a suivi, mon cœur a cessé de battre. Je pense qu'il s'est véritablement arrêté. Je me suis dit qu'il ne se remettrait à palpiter, avec un peu de chance, qu'à l'instant où le doigt qui écrasait le bouton de la sonnette relâcherait sa pression. Cela m'a semblé durer une éternité. Une fois le silence revenu, deux fois, cent fois plus silencieux qu'auparavant, effectivement, il s'est remis à battre, comme jamais, comme s'il tentait de fuir ma poitrine. On devait l'entendre jusque sur le palier.

Le doute n'était plus permis. Quelqu'un se tenait devant ma porte et tenait à ce que je le sache. J'allais devoir me confronter à la réalité. J'ai pris mon courage au creux de ma main et je suis sorti de ma chambre dans le couloir qui donnait, juste en face, sur la porte d'entrée. Il y a eu encore un ou deux coups de sonnette. Très brefs, cette fois, comme pour me presser. Je me suis arrêté au milieu du couloir. Et si ce n'était que quelqu'un de l'immeuble ? ai-je pensé. Un voisin venu me demander du sel. Un voisin qui ne trouve pas le sommeil. Il s'est levé pour se faire un œuf dur. Il s'en réjouit. Mais pendant qu'il regarde son œuf dans les bulles, il se souvient soudain qu'il ne lui reste plus de sel, plus un grain. Il peste, il enrage, lui qui cherchait dans cet œuf un peu de réconfort au milieu de sa nuit blanche. Il se refuse à le manger sans sel. C'est absolument impossible, inconcevable. C'est une question de principe tout autant que de saveur. Une question d'honneur. Il décide donc de venir frapper à ma porte. Mais tout doucement, d'abord, sans vraiment oser frapper, de peur de me déranger. Il aimerait que je lui ouvre, mais sans pour autant me réveiller. Et comme je ne réponds pas et que cet œuf l'obsède, qu'il enfle et occupe maintenant toutes ses pensées, qu'il lui a envahi l'esprit, le jaune, le blanc, la coquille, il perd patience et appuie longuement sur le bouton de la sonnette. Voilà sans doute le fin mot de l'histoire.

Il y a cependant un hic qui m'empêche d'aller ouvrir. Quelqu'un capable de réveiller son voisin à trois heures du matin pour un motif pareil ne peut pas être tout à fait sain d'esprit. Si l'on n'a aucun scrupule à réveiller son voisin en pleine nuit pour venir lui demander du sel, c'est que l'on est tout à fait capable aussi de le tuer s'il ne vous en donne pas. Ou s'il trouve ensuite après avoir mangé son œuf que mon sel n'était pas assez salé à son goût. Ou pour n'importe quel autre motif tout aussi dérisoire.

J'ai pourtant fait les quelques pas qui me séparaient encore de la porte, au moins pour jeter un œil à travers le judas. Il a dû m'entendre approcher, car il s'est remis à frapper, tout doucement, comme pour m'inciter à aller jusqu'au bout, à ne pas faiblir, et c'était bien ce bruit-là qui m'avait tiré de mes songes, cela ne faisait plus aucun doute. Depuis le début, j'ai pensé : je n'imagine qu'un homme de l'autre côté de cette porte, une menace, alors que cette façon si particulière de frapper a quelque chose de tellement féminin. Oui mais pourquoi, ensuite, ce coup de sonnette à réveiller un mort ? Oui mais pourtant, après, à nouveau, ces quelques coups fragiles, cette discrétion, cette délicatesse dans le geste. Je n'osais pas y croire. Je n'ai pas eu le courage de regarder à travers l'œilleton. Je me suis tout de même jeté à l'eau, finalement. « Mirna, c'est toi ? » j'ai demandé, sans trop d'espoir. J'ai collé mon oreille à la porte. Il y a eu un long soupir. Pas exactement celui que j'attendais. Celui-ci était plein d'exaspération, juste avant que la voix d'un homme se fasse entendre. « Mais tu vas m'ouvrir, bordel de merde… » J'ai enfin regardé à travers le judas, mais l'individu, pour me parler, s'était appuyé contre la porte avec son épaule, de telle façon que je ne pouvais l'observer que de dos. « C'est pour quoi ? » j'ai demandé. « C'est Lorenzo ! » m'a-t-il répondu. Ce nom ne me disait rien. « C'est Lorenzo, je te dis. Ouvre ! » Pourtant cette voix m'évoquait quelque chose. Mais quelque chose de trop lointain et confus pour que je me décide à tourner la clé. « Vous avez dû vous tromper d'étage », j'ai fait. « Je t'en foutrais, moi ! Ouvre-moi, bon sang ! – Allez-vous-en ou j'appelle la police ! » j'ai dit, alors, selon la formule consacrée, tout en ayant peu d'espoir qu'elle n'ait le moindre effet. « Ouvre-moi, Le Pouilleux, a-t-il insisté, c'est sérieux ! » Autant « Lorenzo », cela ne m'avait rien dit, autant « Lepouilleux », tout de suite, je me suis souvenu que c'était moi – enfin, façon de parler, je me comprends. Du coup, évidemment, je me suis souvenu de Lorenzo aussi. Comment avais-je pu l'oublier ? J'ai été tellement soulagé que ce soit lui plutôt que cet assassin que je m'étais imaginé, que je lui ai ouvert sans plus hésiter.

Il est entré aussitôt. « À quoi tu joues, merde ! » m'a-t-il dit, furieux, en passant devant moi, sans me jeter un regard. « Si tu crois que j'ai envie de me marrer… » a-t-il ajouté. J'avais à peine refermé la porte qu'il s'était déjà assis sur une chaise au séjour, mais de manière très inconfortable et sans prendre la peine de se débarrasser, comme s'il prévoyait de ne rester que quelques minutes. C'est bon signe, j'ai pensé, en le rejoignant, et cela m'a un peu rassuré. Et peut-être dans l'idée qu'il allait repartir aussitôt, me préparant déjà inconsciemment à le raccompagner, je suis resté debout devant lui, sans oser lui demander quel était l'objet de sa visite, tant il semblait préoccupé, son coude appuyé sur la table et sa main qu'il se passait sur le visage en tous sens. Il a fini par lever les yeux sur moi. « Je suis repéré, Le Pouilleux », m'a-t-il dit. « Mince… » j'ai fait, instinctivement, et c'était je crois relativement approprié. Cela faisait le type concerné, en tout cas. « Il va falloir que tu me planques », a-t-il ajouté. Et alors qu'à ces mots j'ai bien cru défaillir, j'ai tout fait pour ne rien laisser paraître de mon embarras et je pense qu'il n'en a rien perçu, d'autant que je n'ai pas laissé s'installer le doute. « Bien sûr, lui ai-je répondu, en haussant les épaules. Bien sûr, évidemment. – Je savais que je pouvais compter sur toi, il m'a fait. Y a plus que sur toi que je peux compter, d'ailleurs. » J'ai eu un sourire gêné. Puis il s'est levé. « Il faut que je téléphone. – Vas-y, je t'en prie », j'ai dit, en lui montrant du doigt le combiné auquel il tournait le dos. Alors j'ai pensé à celui ou à celle qu'il allait réveiller en pleine nuit et qui se demanderait sans doute s'il ou elle était en train de rêver ou si c'était bien la sonnerie du téléphone qu'il ou elle entendait, et qui pouvait bien appeler en pleine nuit, comme ça, et pourquoi.

Il a tiré de sa poche un petit papier froissé sur lequel était inscrit le numéro qu'il s'est mis à composer. J'ai préféré le laisser seul. Juste avant de quitter la pièce, je lui ai fait signe que je m'éclipsais. Il m'a répondu d'un bref mouvement de tête, sans vraiment prêter attention à moi. « Je… je vais te préparer ton lit », je lui ai fait, avant de refermer la porte, mais je l'ai dit si faiblement qu'il n'a pas pu m'entendre, d'autant qu'au même instant, il entamait déjà sa conversation.

C'était évidemment de mon lit qu'il s'agissait. Avant de le lui céder, à défaut de pouvoir en changer les draps, car je n'en avais pas d'autres, je les ai simplement retournés après les avoir secoués un peu. Puis je les ai lissés du plat des mains, j'ai retapé l'oreiller et j'ai refait le lit. Il n'aurait pas été mieux à l'hôtel. Cela ne m'a pris que quelques minutes, mais avant de pouvoir ressortir de la chambre, j'ai dû attendre un bon quart d'heure jusqu'à ce qu'enfin il ait raccroché.

Lorsque je l'ai rejoint, il retirait son blouson. Il semblait plus détendu. « Je resterai qu'une nuit, t'en fais pas, il m'a dit. Peut-être deux, je sais pas, faut que je m'organise, on doit me rappeler. – Tu peux rester autant que tu voudras, je lui ai répondu. Tu es chez toi, ici », tout en me demandant qui parlait en moi, quel était cet être délicieux et si courtois qui me possédait à chaque fois que, par excès de politesse, mes mots dépassaient d'aussi loin ma pensée.

Je lui ai proposé une tisane. Il a préféré quelque chose de fort. J'ai trouvé sous l'évier un fond de bouteille d'un alcool un peu trouble, d'origine indéterminée, distillat de je ne sais plus trop quoi, un cadeau qu'on avait dû me faire, il y a au moins vingt ans de cela. Et sans doute, au départ, avant qu'elle jaunisse à ce point, y avait-il eu quelque chose d'inscrit sur l'étiquette. Au nez, on ne pouvait rien en déduire en tout cas. Au goût non plus. C'était de fabrication artisanale, quoi qu'il en soit. Il a eu l'air d'apprécier. Nous avons parlé un moment, surtout lui. Il m'a tout raconté, qu'on l'avait balancé, il savait qui, il aurait sa peau le moment venu. L'important, maintenant, c'était qu'il disparaisse un temps, qu'il se fasse oublier. Il devait quitter la ville, peut-être le pays. Il m'a parlé de ce qu'il appelait son « grand projet » aussi, sans trop entrer dans les détails non plus. Il m'a redit, à ce sujet, que j'en étais évidemment, qu'il aurait besoin de mes talents le jour venu. Il m'a bien recommandé de garder tout ça pour moi, bien sûr, de n'en parler à personne. « Bien entendu… » j'ai fait. Puis il a bâillé longuement avant de conclure : « On y verra plus clair demain. »

Lorsque je lui ai montré sa chambre, il n'a pas été surpris que je lui laisse mon lit. Il n'a pas refusé, en tout cas, il n'a pas dit « pas question », il n'a pas dit « c'est moi qui dormirai dans le salon », ni même « merci ». Il m'a demandé une serviette propre, il m'a dit « je t'emprunte ta brosse à dents ». J'ai fait « oui, bien sûr, vas-y », puis lorsqu'il a eu fini ses ablutions, il s'est mis au lit, et cela m'a surpris, il a voulu que je laisse la lumière dans le couloir et la porte entrouverte, et l'autre porte qui donnait sur le séjour, également, il m'a demandé de ne pas la fermer. J'ai fait ce qu'il me demandait.

Je me suis installé dans le fauteuil, ensuite, recroquevillé sous un plaid bien trop petit pour me couvrir tout entier. Il m'a fallu un bon bout de temps pour trouver une position dans laquelle j'allais pouvoir espérer fermer l'œil. Je n'avais pas bougé depuis quelques minutes lorsque Lorenzo m'a parlé. « Lepouilleux, tu dors ? » m'a-t-il demandé alors que justement il me semble que je m'étais endormi, à peine endormi. « Non, j'ai fait. Pourquoi ? – Comme ça… » Puis après un long moment de silence, de nouveau, il m'a reposé la question. « Tu dors, Le Pouilleux ? – Non… » lui ai-je répondu, et cette fois, c'est vrai, je ne dormais pas. « Moi non plus, je n'arrive pas à dormir », il m'a fait. Il a marqué un temps. Il a semblé hésiter, avant d'ajouter « je sens ton odeur dans les draps ». Je n'ai pas répondu. Je me suis demandé pourquoi il disait cela. Quel lien il pouvait faire entre ça et le fait qu'il ne trouvait pas le sommeil. Je me suis senti terriblement gêné. J'ai d'abord cru que cela l'incommodait, puis en repensant au ton si particulier avec lequel il l'avait dit, m'est revenu en mémoire que nous avions partagé la même cellule, autrefois, durant de longs mois, peut-être des années, je ne sais plus trop bien. « Lepouilleux ?… » a-t-il fait encore. Je suis resté silencieux. J'avais bien l'intention de faire comme si je dormais déjà. « Le Pouilleux ?... » a-t-il insisté. « Oui ? » j'ai fini par lui répondre. « Viens près de moi, il m'a dit. Viens là, tu seras mieux. » J'en savais si peu, en fait, à notre sujet. J'allais sans doute en apprendre un peu plus.

Je passais juste chercher quelques fleurs comme j'en avais pris l'habitude, avant de monter voir ma tante. J'ai frappé deux fois et je suis entré sans attendre que l'on me réponde. Quand j'ai vu que c'était un homme qui occupait le lit, j'ai pensé m'être trompé de chambre. J'ai refermé la porte aussitôt, mais j'ai gardé ma main sur la poignée. J'étais bien au premier étage, pourtant, c'était la dernière chambre à droite au bout du couloir, le numéro sur la porte était le bon et, autour de moi, à mes quelques points de repère habituels, j'en ai déduit qu'il n'y avait pas d'erreur possible. J'ai frappé trois coups, cette fois, plus espacés, puis je suis entré pour constater exactement la même chose que l'instant d'avant, à savoir que la vieille dame n'était pas dans son lit et qu'à sa place, il y avait cet homme endormi. Cela m'a contrarié. Une fois qu'on a ses petites habitudes, on a du mal à s'en défaire, et si je m'étais écouté, ou si je ne m'étais pas écouté – cela dépend de quel point de vue on se situe –, je serais ressorti, puis je serais entré de nouveau. Et j'aurais recommencé, comme ça, un certain nombre de fois, comme un illusionniste amateur qui espère, à force d'insister, que le lapin finira bien par se changer en colombe.

Il n'y avait ni vase ni bouquet sur la table de chevet, ce qui montrait que l'homme ne s'était pas égaré dans les couloirs, ne s'était pas installé ici par erreur, ce qui indiquait que c'était effectivement sa chambre, ce que me confirmaient aussi deux ou trois autres détails, comme ces pantoufles au pied du lit, cette robe de chambre sur le dossier du fauteuil. Là où jusqu'alors j'avais toujours vu un vase rempli de fleurs, il y avait à la place une petite boîte dorée qui devait être une boîte de chocolats. Je m'en suis approché. L'homme dormait toujours, d'un sommeil profond, sur le dos, la bouche grande ouverte. Je n'avais aucune raison de m'obstiner à vouloir apporter des fleurs, à ma tante. Des chocolats feraient aussi bien l'affaire. Cela faisait longtemps d'ailleurs que je ne lui en avais pas offert. J'ai regardé à l'intérieur de la boîte et je me suis rendu compte qu'il n'en restait que deux, qui avaient assez mal supporté le rayon de soleil qui tombait dans le coin de la pièce juste à cet endroit. Mais il y avait un double fond, par chance, que j'ai soulevé pour découvrir que les chocolats du dessous étaient au complet, et dans un bien meilleur état que ceux du dessus. Je n'ai eu alors qu'à me débarrasser des deux chocolats ramollis de l'étage supérieur que j'ai jetés par la fenêtre entrouverte, après quoi j'ai retiré le double fond, j'ai remis en place le ruban défait, posé juste à côté, et de cette boîte déjà bien entamée, j'ai fait un joli ballottin tout à fait présentable.

Je lui aurais bien demandé avant de le quitter s'il savait où s'en était allée la pensionnaire précédente. Est-ce qu'elle avait changé de chambre ou même d'étage ?

Est-ce qu'il savait pourquoi ? S'était-elle lassée de la vue ? Trouvait-elle ses voisins trop bruyants ? À moins qu'elle ne se soit sentie beaucoup mieux, ces derniers temps, qu'elle ne soit rentrée chez elle, tout simplement ? Autant de questions que je ne lui ai pas posées, pourtant, pour différentes raisons. D'abord évidemment parce que je ne voulais pas le réveiller. Ensuite, bien sûr, à cause des chocolats que j'emportais. Et peut-être aussi, en fait, et peut-être surtout, d'ailleurs, parce que je ne tenais pas vraiment à obtenir de réponse.

J'allais sortir de la chambre. Je lui ai jeté un dernier regard. C'est alors que le râle de sa respiration s'est interrompu en même temps que le mouvement de sa poitrine. Cela a duré un peu. Une éternité, en fait, m'a-t-il semblé. J'ai commencé à m'inquiéter. Fallait-il que je sonne ? Que je me précipite dans le couloir ? D'autant qu'il s'est mis à faire ce bruit, en plus, comme s'il s'étranglait, que quelque chose s'était serré au fond de sa gorge, comme s'il avalait sa langue en même temps que ses amygdales. Puis ses paupières se sont ouvertes. Ce devait être sa manière de se réveiller. Il n'a pas paru effrayé, ni même surpris de trouver un inconnu dans sa chambre. Il m'a regardé comme si j'avais toujours été là à la même place, alors que je me sentais, moi, plutôt mal à l'aise. « Comment… Comment allez-vous ? » j'ai balbutié. Il n'a pas répondu. Peut-être me suis-je fait des idées, mais il m'a semblé qu'il avait remarqué que je tenais quelque chose dans mon dos. Je n'ai rien trouvé de mieux, pour m'en sortir, que de faire comme si je venais d'entrer dans la chambre à l'instant. Je me suis approché de lui. « Je vous ai apporté des chocolats », j'ai dit, en lui tendant la boîte. Il l'a prise, m'a remercié d'un hochement de tête qu'il a semblé avoir du mal à interrompre, puis me l'a rendue et m'a fait comprendre d'un geste de bien vouloir la poser sur sa table de chevet. De la même manière, il m'a demandé ensuite de lui remonter le lit, ce que j'ai fait bien volontiers. Puis il m'a fait signe de m'asseoir dans le fauteuil à côté de lui, avant d'allumer la télé.

Cela m'a soulagé de voir qu'il ne s'attendait pas à ce que je lui fasse la conversation. On aurait été bien incapables de s'entendre, de toute façon, étant donné le volume sonore. Il a changé de chaîne un certain nombre de fois, jusqu'à ce qu'il tombe sur un cobra dressé dans un panier. C'était la vie d'un charmeur de serpents. On voyait le charmeur de serpents ramener de nouveaux serpents chez lui à la maison qu'il tirait de son sac sous les yeux écarquillés de ses enfants. L'un des serpents était extrêmement agressif et le charmeur de serpents expliquait qu'il fallait le tenir comme ceci et comme cela. Il disait que les serpents devenaient plus dociles une fois qu'ils sentaient qu'on les aimait. La femme du charmeur de serpents souriait en disant que l'hiver les serpents vivaient avec eux dans la maison. On a vu aussi les enfants du charmeur de serpents qui, tout petits déjà, apprenaient le métier. L'un d'eux, pas plus grand que sa flûte, jouait sous le regard de son père quelques fausses notes à un cobra. Le vieil homme – pas le charmeur de serpents qui n'était pas si vieux que ça. Je veux parler du vieil homme à côté de moi –, au prix de grands efforts, s'était penché vers sa table de chevet pour attraper la boîte de chocolats. Il en a défait le ruban, l'a ouverte, puis s'est servi avant de se pencher vers moi pour me la tendre. Je l'ai remercié, j'ai hésité un peu, puis j'ai pris un chocolat et je la lui ai rendue. C'est à ce moment-là que l'on a vu que l'un des enfants du charmeur de serpents venait de se faire mordre à la cuisse. Mais ce n'était pas, heureusement, par un serpent dont le venin était mortel. On voyait la marque des crochets et juste un petit filet de sang. Le charmeur de serpents s'est empressé alors d'appliquer sur la morsure une de ces petites pierres noires que possèdent tous les charmeurs de serpents pour absorber le venin et qui sont en fait des calculs provenant de la vésicule de certaines grenouilles, si j'ai bien compris. La pierre reste collée à la morsure et lorsqu'elle tombe on ne voit plus rien – non pas que l'on soit devenu aveugle sous l'effet du venin ou du remède, ce que je veux dire, c'est que l'on ne voit plus rien parce que c'est guéri. « Mais parfois non », disait la femme du charmeur de serpents. Enfin, ce n'est pas ce qu'elle a dit exactement. Elle ne l'a pas dit comme ça, en tout cas. Je ne m'en souviens plus précisément parce que j'ai été distrait par le vieil homme qui s'était penché vers moi de nouveau pour me proposer un autre chocolat. J'ai fait « non merci » de la main, cette fois, je lui ai souri, et voilà pourquoi les propos exacts de la femme du charmeur de serpents m'ont échappé. Toujours est-il que j'ai compris de quoi il était question. Elle parlait des enfants, qu'elle et d'autres femmes de charmeurs de serpents avaient eus et que les pierres noires n'avaient pas pu sauver.

On a frappé à la porte. J'ai regardé le vieil homme. Il n'a pas réagi. On a frappé encore. Puis la porte s'est entrouverte doucement et une femme a passé la tête dans la chambre avant d'entrer, suivie d'un homme qui devait être son mari, tous deux presque sur la pointe des pieds, à pas feutrés, comme s'ils étaient venus voir un nouveau-né à la maternité. Je me suis levé, et ils m'ont salué, elle, en esquissant un sourire poli, l'air intrigué, lui d'une poignée de main sèche, puis ils ont embrassé le vieil homme. Je ne me suis pas rassis. Ma tante devait être en train de s'inquiéter, déjà. Il était temps que je m'en aille. Encore cinq minutes, me suis-je dit, juste pour ne pas leur paraître malpoli.

Ils ont bien tenté, au début, d'engager la conversation avec le vieil homme, de lui raconter un peu des choses, de lui tirer les vers du nez. Mais c'était peine perdue. Ils n'ont réussi, au maximum de leurs efforts, qu'à lui faire détourner le regard du téléviseur quelques secondes. Par la force des choses, ils ont fini par s'y intéresser eux aussi. « C'est sur un charmeur de serpents », je leur ai dit, voyant qu'ils avaient levé la tête vers l'écran. « Ah bon… » a fait l'homme. Lorsqu'elle a vu siffler un cobra, sa femme a poussé un petit cri. Comme ils avaient manqué le début et qu'il ne fallait pas compter sur le vieil homme pour leur en faire un résumé, je me suis dévoué, en essayant de ne rien oublier. Je leur ai même parlé de ces pierres noires dont les charmeurs de serpents se servent en cas de morsure pour absorber le venin et qui sont en fait des calculs de la vésicule que produisent certaines grenouilles. Je devais avoir l'air, en disant cela, d'un zoologiste, spécialiste des amphibiens indiens. C'est ce que me renvoyait le regard de la femme, en tout cas, qui buvait mes paroles, et m'a avoué ensuite, un peu gênée, qu'elle ignorait jusque-là que les grenouilles faisaient aussi des calculs. « Je ne le savais pas non plus », lui ai-je répondu, en souriant, pour la décomplexer un peu. Et par ce simple aveu, dans le même temps, toute mon aura d'explorateur zoologiste, spécialiste des amphibiens indiens, s'est évanouie. Définitivement évanouie lorsque j'ai cru bon de préciser encore que je n'étais pas absolument sûr non plus d'avoir bien entendu que ces pierres noires dont se servaient les charmeurs de serpents étaient bien des calculs de la vésicule de certaines grenouilles, même si c'est pourtant ce qu'il m'avait semblé comprendre. « Remarquez, j'ai ajouté, comme la nature est bien faite, de sorte que l'on trouve cette espèce de grenouille précisément où vivent les cobras et d'autres serpents mortels, ainsi que les charmeurs de serpents, et non pas ici, à Mourmelon, par exemple, ce qui ne serait d'aucune utilité à personne. D'autant que si ces grenouilles vivaient dans les marais des alentours – si tant est qu'il y en ait –, personne n'aurait jamais songé à essayer d'appliquer un calcul d'une grenouille de Mourmelon sur une morsure de cobra indien, et l'antidote n'aurait jamais rencontré ni le poison ni la victime. Enfin… pour dire comme la nature est bien faite. – C'est juste, c'est très juste… » a fait la femme, tandis que son mari acquiesçait d'un mouvement de tête, tout en fermant les yeux. « Et de là à en déduire que cela constitue une preuve de l'existence de Dieu, ai-je poursuivi, dans mon élan, il n'y a qu'un pas. » Le vieil homme a tourné la tête vers moi, à ce moment-là, et m'a regardé. Peut-être était-ce une manière pour lui d'approuver mon raisonnement. Ou bien cherchait-il au contraire à manifester son désaccord ? Toujours est-il qu'il a réagi et que la question semblait l'intéresser. « C'est une chance, en tout cas, pour les charmeurs de serpents », m'a fait remarquer la femme. « Pour les enfants des charmeurs de serpents, surtout », lui ai-je répondu. Me sont revenues alors en mémoire les paroles de la femme du charmeur de serpents. Et j'ai réalisé que je ne leur avais pas parlé des enfants des femmes de charmeurs de serpents que les pierres noires n'avaient pas pu sauver.

J'ai pensé à ma tante qui devait se faire un sang d'encre, maintenant. Même s'ils m'étaient sympathiques et que c'était à regret que j'allais interrompre cette passionnante conversation, il fallait que je m'en aille absolument. Mais ce n'était pas le moment idéal, car c'est justement celui qu'a choisi la femme pour relancer la discussion. Des calculs des grenouilles, elle en est venue tout naturellement aux siens, à ceux qui lui avaient causé tant de douleurs et qu'on avait fini par lui retirer l'an passé. Les grenouilles sans doute aussi devaient être bien soulagées qu'on les leur retire, nous a-t-elle fait remarquer. « Définitivement soulagées, probablement, a renchéri son mari. Je ne pense pas, ma pauvre, qu'ils se donnent la peine de les opérer. » Elle a froncé les sourcils en comprenant ce qu'il insinuait. « Oui, mais c'est pour la bonne cause », j'ai ajouté. « C'est vrai, s'est-elle consolée, c'est vrai. » Et la femme du charmeur de serpents de nouveau m'est apparue.

De temps en temps, le vieil homme nous interrompait en tendant le bras dans une direction ou une autre et esquissait un geste maladroit qu'il associait à une grimace ou à un gémissement. À nous de comprendre s'il voulait que nous fermions la fenêtre ou s'il fallait au contraire l'ouvrir plus grande, s'il voulait qu'on lui remonte les jambes ou qu'on les lui descende, qu'on lui mette un oreiller dans le dos, deux oreillers, ou s'il n'en préférait aucun. Puis la conversation reprenait son cours. La femme en était restée aux peintres qu'ils avaient à la maison en ce moment, et le mari au fait que l'on ne trouve plus d'artisans compétents. Ce qui les a amenés, tout au contraire, à louer le personnel d'ici, à reconnaître combien il était dévoué et de quelle manière attentionnée il s'occupait du vieil homme dont ils se sont mis à parler aussi, comme s'il n'était pas là, ou plus là, déjà, en prenant juste la précaution dérisoire de baisser la voix. Ils se souvenaient de lui, il n'y a pas si longtemps de ça, lorsqu'il coupait encore son bois, qu'il abattait des arbres à la hache, qu'il portait les troncs sur ses épaules – un sur chaque épaule – et déracinait les souches en fichant des coups de pied dedans. Une force de la nature, un titan, tel qu'ils le décrivaient. J'avais bien du mal à croire qu'ils parlaient de ce petit homme flétri à côté de nous sous les draps. Et lorsqu'il me semblait que nous avions épuisé tous les sujets de conversation, absolument tous, sans exception, lorsque j'espérais pouvoir saisir l'occasion d'un instant de silence pour m'en aller enfin, ils trouvaient pourtant encore quelque chose à dire qui prolongeait la discussion. Ils appréciaient ma compagnie, c'était évident.

Tôt ou tard, ils en viendraient sans doute franchement à la question qu'ils brûlaient de me poser depuis qu'ils étaient entrés dans la chambre. Ils se lasseraient de tourner autour du pot, de jouer aux devinettes, de se creuser les méninges. Car ce qu'ils voulaient savoir, depuis le début, je m'en doutais, je le sentais, et ma foi, c'était légitime, c'était ce que je faisais là. Je veux dire : qui j'étais, en fait, tout simplement. Et c'est une chance qu'ils n'aient pas osé me le demander car c'est le genre de question à laquelle je me sentais de moins en moins capable de répondre.

Lorsque le vieil homme nous a tendu la carafe pour nous faire comprendre qu'il avait soif, j'ai aussitôt saisi l'occasion et me suis porté volontaire pour aller lui chercher de l'eau fraîche à la fontaine. C'était le seul moyen de m'arracher à eux. Je regrettais un peu de partir comme ça, comme un voleur, mais c'était en voleur, aussi, après tout, que j'étais venu.

À l'étage du dessus, comme je le redoutais, j'ai trouvé ma tante morte d'inquiétude. Je m'en suis beaucoup voulu. Elle s'était imaginé le pire, l'arrestation, la torture. J'ai déposé la carafe que j'avais pris le temps de remplir sur sa table de nuit. « Je t'ai apporté de l'eau fraîche, je lui ai dit. Ça change un peu des fleurs et des pâtisseries. » Puis je lui en ai servi un verre et me suis assis à côté d'elle. Je lui ai dit que je regrettais vraiment qu'elle se soit fait autant de mouron, mais que ce n'était que le train qui avait du retard et que je n'y pouvais rien. Je lui ai proposé, ensuite, comme toujours, d'aller faire un petit tour dans le parc, mais elle n'a pas voulu, cette fois, à cause des combats aux alentours. C'était pas le moment, disait-elle, d'aller chercher les balles perdues. Pour la même raison, elle m'a interdit de me tenir debout devant les fenêtres. J'ai voulu qu'on aille faire un tour au foyer, alors, voir un peu les autres, jouer aux dominos, pousser la chansonnette. Elle n'a pas voulu non plus. Elle m'a dit que les murs avaient des oreilles, là-bas, que c'était qu'un repaire de collabos et qu'elle y mettait plus les pieds. « Comme tu voudras », lui ai-je répondu. Puis je lui ai suggéré qu'on aille au moins faire quelques pas jusqu'au bout du couloir, mais elle s'y est refusée aussi, parce que c'était plein de soldats partout, dehors, qui allaient nous chercher des noises pour un oui ou pour un non. « Mieux vaut se faire discret par les temps qui courent », elle m'a fait. Elle m'a dit aussi qu'ils réquisitionnaient des chambres, qu'ils fusillaient les pensionnaires à tour de bras. J'ai voulu lui parler un peu de moi, pour changer, lui raconter mes journées. Mais j'ai bien vu qu'elle ne m'écoutait pas. J'ai même essayé de lui parler des charmeurs de serpents et de ces pierres noires qu'ils possèdent et dont ils se servent en cas de morsure et qui sont en fait des calculs de la vésicule de certaines grenouilles. Et de la femme et des enfants du charmeur de serpents, aussi. Mais elle s'en souciait peu et cela m'a rendu triste. Ce qui l'intéressait, c'était de savoir s'ils étaient encore loin, les Américains, et rien d'autre. « De l'autre côté de l'Atlantique ! » lui ai-je répondu, bêtement, un peu agacé. Mais je n'aurais pas dû, parce qu'elle s'est mise dans une colère noire, alors. Pas contre moi, non, c'était Roosevelt à qui elle en voulait, c'était lui l'incapable. Il lui a fallu un peu de temps pour se calmer, ensuite. Puis elle m'a dit que, de toute façon, ses affaires étaient prêtes, en me montrant une petite valise posée dans un coin de la pièce. Elle m'a demandé si elle pouvait faire quelque chose, en attendant, pour leur faciliter la tâche, leur préparer le terrain. Encore une fois, elle m'a dit de cesser de me promener devant les fenêtres. Je me suis rassis.

Je l'ai écoutée divaguer jusqu'à la fin de l'après-midi, sans plus vraiment l'écouter, au bout d'un moment. Ce qui me rassurait un peu, c'était de voir que dans son esprit où le vent soufflait fort, et emportait avec lui, des jours, des mois, des années entières, je tenais bon, moi, sous la tempête. Debout au milieu des ruines. Toujours elle se souvenait de moi, elle savait qui j'étais.

Je l'ai quittée en emportant la carafe que je lui avais apportée. Je l'ai remplie d'eau fraîche à la fontaine au bout du couloir et je suis descendu à l'étage du dessous. Une fois devant la chambre du vieil homme, j'ai collé mon oreille à la porte. Comme je n'ai entendu aucun bruit, j'en ai déduit que le couple s'en était allé. J'ai frappé, puis je suis entré. La nuit tombait et la chambre n'était éclairée que par la lumière du téléviseur devenu muet. Le vieil homme dormait. J'ai posé la carafe d'eau à côté de lui et je suis ressorti.

Je rentrais chez moi, un soir, j'avais la tête ailleurs. Joseph était parti depuis quelques jours, déjà, après que je l'ai eu tout de même hébergé plus de trois semaines, et sans aller jusqu'à dire qu'il me manquait, ce qui serait un peu exagéré, je ne cache pas qu'il avait pourtant laissé comme un vide, chez moi. Pour changer d'air, je quittais mon appartement le plus souvent possible et ne le regagnais qu'en traînant des pieds, avec le souvenir pesant, à chaque fois, de quand Joseph m'accueillait, toujours aux aguets, dès qu'il entendait du bruit sur le palier, la clé dans la serrure, et qu'il se jetait sur son arme, se précipitait pour se cacher derrière une porte. « C'est toi ? ! » lançait-il, plein de méfiance, à peine avais-je fait un pas dans l'appartement. « Qui veux-tu que ce soit ? » lui répondais-je. Puis s'étant assuré discrètement que je rentrais bien seul, que je ne parlais sous la contrainte de personne, alors seulement il apparaissait. « T'as pas été suivi, t'es sûr ? » prenait-il soin de me demander. J'avais beau lui répondre que non, que j'avais été bien vigilant, il entrouvrait tout de même encore la porte, pour voir si la cage d'escalier lui paraissait tranquille. Une fois à peu près rassuré, enfin, il rangeait dans son dos son revolver qu'il glissait dans son pantalon jusqu'à la crosse. Puis les choses du quotidien reprenaient leur cours. « T'as pensé à faire des courses ? » il me demandait. « Fais voir un peu ce que tu nous as acheté de bon ? » Et il se mettait à fouiner dans mon petit cabas à roulettes. Je lui tapais sur les doigts. Faut pas croire… il ne m'impressionnait plus.

Je m'y étais habitué à tous ces moments partagés, même aux plus dérisoires. Autant de souvenirs, maintenant, de notre courte cohabitation, tapis dans chaque recoin de l'appartement.

J'avais la tête ailleurs, donc, en rentrant chez moi, d'autant que j'étais sans aucune nouvelle de lui depuis son départ, et bien qu'il m'ait prévenu qu'il ne donnerait pas signe de vie pendant un temps, cela ne m'empêchait pas de me faire du souci pour lui. Je montais les escaliers en regardant mes pieds. Rien dans mon immeuble n'indique l'étage auquel on se trouve, si bien qu'il faut être attentif et les compter si l'on veut savoir où l'on en est, ce que je n'avais pas fait. J'avais pris un ou deux verres, aussi, au bar-tabac du coin de la rue, ce qui ne m'arrive pourtant jamais, et comme rien ne ressemble plus à un palier qu'un autre palier, me voilà arrivé, je me suis dit, à cause de ce paillasson, notamment, que j'ai pris pour le mien. Ce n'est qu'en voulant ouvrir ma porte que je me suis rendu compte que quelque chose n'allait pas. La clé ne rentrait plus dans la serrure et j'avais beau m'y prendre de toutes les manières, en douceur, par surprise, en force ou par la ruse, je n'arrivais au mieux qu'à l'introduire du quart de sa longueur, ce qui ne m'était d'aucune utilité, en fait, bien au contraire, car pour la retirer alors, il fallait que je m'y prenne comme un forcené en jetant tout mon poids en arrière.

J'ai vérifié au moins dix fois que j'avais la bonne clé entre les doigts. J'ai examiné la serrure de près qui ne me semblait pas obstruée. J'ai même craché dessus pour lubrifier le mécanisme et j'y suis allé de plus belle, mais rien n'y a fait. Plutôt que de m'acharner encore, au risque de briser la clé, j'ai pris deux secondes pour réfléchir un peu, ce qui n'est jamais perdu. À ma grande stupéfaction, alors, j'ai vu la porte s'ouvrir. Non pas d'elle-même, du fait de ma réflexion, du triomphe de l'intelligence sur la force, de l'esprit sur la matière, ou que sais-je encore, mais tout simplement parce que de l'intérieur quelqu'un l'avait ouverte. Une femme, en fait, qui se tenait maintenant face à moi. Son visage ne m'était pas étranger, mais pas suffisamment familier non plus pour expliquer sa présence à mon domicile. Passé la surprise, je l'ai remise aussitôt. C'était ma voisine du dessous. Et alors que nous nous regardions, perplexes, l'un et l'autre, je m'apprêtais avec une certaine fermeté à lui demander des explications quant à sa présence chez moi, et j'étais bien curieux de savoir de quelle manière elle allait pouvoir se justifier, de quel prétexte ahurissant elle allait devoir se saisir pour m'expliquer cela, et comment, aussi, elle s'y était prise pour s'introduire dans mon appartement. J'étais bien décidé à faire la lumière sur tout ça, lorsque dans mon esprit embrumé tout s'est éclairci, soudain. En un instant, j'ai résolu l'énigme. Il m'a suffi d'ouvrir un peu les yeux, de tourner la tête sur ma droite, pour m'apercevoir que l'escalier ne s'arrêtait pas à cet étage et que, par conséquent, je n'étais pas devant ma porte, mais devant la sienne. Je me suis senti ridicule. C'était donc à moi de m'excuser. Ce que j'allais faire sur-le-champ, tout en lui expliquant, si toutefois elle ne s'en souvenait pas – ce qui était fort probable, étant donné que j'ai un visage que l'on oublie facilement –, que j'étais son voisin du dessus et que par distraction, en rentrant chez moi, je m'étais trompé d'étage, voilà tout, à cause notamment de son paillasson qui ressemble au mien à s'y méprendre. Le même modèle, exactement, mis à part que le sien, peut-être, a les poils un peu plus ras, est un peu plus usé, du fait que plus de personnes, sans doute, s'y essuient les pieds que sur le mien, qui ne sert que très peu, finalement, depuis qu'il est en ma possession. Je n'allais pas lui dire, par contre, que j'avais un peu bu au coin de la rue, et que ceci expliquait aussi un peu cela, et peu importe, d'ailleurs, ce que je prévoyais de lui dire ou de ne pas lui dire puisque je n'ai rien dit au bout du compte. Je n'ai rien dit à cause de la façon dont elle me regardait depuis le début qui me mettait plutôt mal à l'aise. Le simple fait que je l'avais peut-être dérangée ne justifiait tout de même pas un visage si dur, ni ces larmes qui commençaient à briller dans ses yeux. Puis ses lèvres enfin se sont entrouvertes. « Te revoilà », m'a-t-elle dit, d'une voix blanche. J'ai froncé les sourcils. « Pardon ? » j'ai fait. « Comme si de rien n'était… a-t-elle poursuivi. Tu reviens comme ça, l'air de rien. – Je… comment ?… je ne reviens pas, j'ai dit, je… » pensant pouvoir m'expliquer enfin. Mais elle s'est mise à pleurer, soudain, et je me suis trouvé tout bête. J'ai hésité, j'ai touché son coude du bout des doigts, puis je n'ai eu d'autre choix que de la prendre dans mes bras. Je l'ai accompagnée ensuite jusque dans son salon où je lui ai proposé de s'asseoir sur son canapé. Comme elle ne parvenait pas à se calmer, je suis allé lui chercher un verre d'eau, puis je me suis assis à ses côtés. J'ai posé doucement mes mains sur ses épaules. « Allons, allons… » lui disais-je. Et tout en pleurant, elle tentait de me parler, mais ce n'était qu'une succession de mots hachés et incompréhensibles qui finissaient en de longs miaulements, entre deux sanglots, deux reniflements.

Il lui a fallu un moment, encore, avant de pouvoir se ressaisir. Puis elle a séché ses larmes. Et lorsqu'elle a été capable de me parler sans que sa voix ne s'étrangle, elle a inspiré profondément, m'a regardé au fond des yeux, et m'a dit, comme une immense faveur, qu'elle était prête à m'accorder une seconde chance. Je n'ai rien dit. Je n'ai pas protesté. Sans doute pour ne pas lui faire de peine. Ne lui en avais-je pas déjà suffisamment fait ? Sans doute aussi, pour être honnête, parce que j'espérais de cette aubaine un peu de chaleur humaine. Sans compter que je n'étais pas au mieux en ce moment, que je n'avais pas très envie de rentrer chez moi ce soir-là. Pour toutes ces raisons, je n'ai rien dit. Je lui ai souri.

Voilà comment, d'une heure à l'autre, quand on a la tête que j'ai, on se retrouve époux, père et chef de famille sans avoir rien demandé à personne. Même si ce n'est que le lendemain au réveil que je m'en suis rendu compte, que j'ai pu en mesurer toutes les conséquences, quand les enfants m'ont sauté dessus aux aurores en dansant sur le lit, sur l'air de papa est revenu. J'aurais dû y penser, à eux, pourtant, j'aurais dû m'en souvenir. Je les entendais quelquefois depuis chez moi, je les avais déjà croisés dans l'escalier. Ils n'étaient que deux. Un garçon et une fille. Mais ils s'agitaient tellement et faisaient tellement de bruit, qu'il m'a semblé, sur le coup, qu'il en venait de partout, qu'ils étaient au moins cent, une armée, un essaim, tandis que leur mère, à mes côtés, s'étirait comme une chatte, en souriant tendrement. Ils avaient tous l'air contents de me voir. Ils n'étaient pas rancuniers pour un sou. Ni même le chien qui me léchait le visage avec beaucoup d'affection. Je faisais très bien l'affaire pour tout le monde, apparemment.

Les enfants avaient plein de projets pour moi. En me sautant à pieds joints sur la vessie, ils m'ont mis au courant tout de suite. Est-ce qu'on allait jouer au ballon ? Est-ce qu'on irait au zoo ? Est-ce qu'on ferait du toboggan ? Est-ce qu'on pourrait fabriquer un arc et des avions en papier ? Faire du trampoline et puis un tour de poney ? Et quand est-ce qu'on irait à la mer ? Qu'on ferait des châteaux de sable ? Qu'on achèterait une épuisette et qu'on pêcherait des crabes ? On pourrait dormir sous une tente, aussi, et aller voir guignol. Et puis jouer à chat et construire un igloo. Et quand est-ce qu'on irait au manège ? Et faire de la balançoire ? Et un bonhomme de neige. Et une cabane dans les arbres. Et des bulles de savon.

J'ai dit oui à tout. J'ai tout accepté, sans condition. Même si je n'étais pas sûr qu'on allait pouvoir tout faire aujourd'hui. Je le leur ai dit, d'ailleurs, mais j'ai gâché la belle ambiance des retrouvailles. Ils ont eu l'air déçus et se sont mis à pleurer. Je leur ai dit qu'il ne fallait pas se mettre dans cet état-là, que rien n'était perdu, que j'allais faire tout mon possible, et que si vraiment on s'y mettait tout de suite, sans perdre de temps, peut-être bien qu'on pourrait y arriver. J'ai bondi hors du lit. « Par quoi on commence ? » j'ai fait. Je prenais mon rôle à cœur. J'étais plein de bonne volonté.

Moi je n'y aurais sans doute jamais remis les pieds dans cette rue, à cause de ce qui m'était arrivé là-bas, pour ne pas avoir à y repenser, justement, même si j'y repensais de toute façon, à chaque fois que je me disais que j'allais faire un détour pour ne pas y repasser, et à bien d'autres moments aussi, et même la nuit quelquefois, sans qu'il n'y ait pourtant aucune raison pour que cela me revienne à l'esprit. Ce n'étaient pas simplement les mauvais souvenirs que je redoutais, j'avais la crainte absurde qu'en repassant par cet endroit, j'allais forcément retomber sur eux, comme s'ils avaient été là à m'attendre, comme s'ils faisaient partie du décor. Voilà pourquoi je m'étais résolu à ne plus emprunter cette rue.

Seulement, l'autre matin, sur le pas de la porte, sur le point d'emmener les enfants à l'école et de filer ensuite « au bureau », comme elle dit – faudra que je pense d'ailleurs à lui demander ce qu'elle y fait. Cela fait partie des choses qu'un bon époux doit savoir – elle farfouille dans son sac et je me retrouve avec un ticket bleu entre les doigts sur lequel était imprimé un numéro. On aurait dit un ticket de tombola. Et pensant, sans doute, que je ne savais pas à quoi j'allais occuper ma journée, elle me demande si je peux passer au pressing, dans l'après-midi, récupérer son tailleur. J'ai écarquillé les yeux. Allais-je être à la hauteur ? C'est le genre de choses que je n'avais jamais fait jusqu'alors. Mais je n'ai pas dit non pour autant. J'étais prêt à lui rendre service, d'autant que je ne suis pas contre les expériences nouvelles et j'aime avoir des défis à relever. J'étais donc tout à fait volontaire, pour peu qu'elle veuille bien me donner, tout de même, quelques instructions, quelques explications supplémentaires. À savoir, qu'est-ce que je fais de ce ticket ? À quoi correspond le numéro qui y est inscrit ? Qui dois-je demander en arrivant sur place ? Est-ce que je dois donner mon nom ou le sien ? À quoi ressemble ce tailleur au juste ? Est-ce que tout est déjà réglé ou est-ce qu'il va falloir que je paye ? Et surtout, évidemment, où se trouve ce pressing ? Et si éventuellement elle pouvait me faire un plan ? Elle a répondu à mes questions avec, il m'a semblé, un brin d'agacement et lorsqu'elle m'a expliqué qu'il s'agissait de celui juste à côté de chez le cordonnier, dans cette rue, justement, dans laquelle je ne voulais plus remettre les pieds, j'ai sans doute dû changer de couleur. Mais j'ai pris sur moi. Je n'ai fait aucun commentaire. Je n'ai pas dit que c'était impossible, que je ne pouvais pas me rendre là-bas. À cause des enfants, surtout, devant lesquels je n'allais tout de même pas perdre la face. Et puisque je passais devant chez le cordonnier, d'ailleurs, que j'en profite, alors, a-t-elle ajouté, pour déposer sa paire de bottes dont l'un des talons est abîmé. Puis elle a pris les enfants par la main et ils ont dévalé l'escalier. « Je veux bien, j'ai dit, en m'avançant jusqu'au bord des marches, juste avant qu'elle disparaisse, mais de quelle paire il s'agit ? » Elle ne s'est pas retournée. « Et où est-ce que je vais la trouver ? » lui ai-je lancé encore en me penchant par-dessus la rampe. « Est-ce qu'il faut que je dépose les deux bottes ou bien juste celle qui est esquintée ? » Je n'ai obtenu aucune réponse. Je suis resté sur le palier jusqu'à ce que j'entende la porte de l'immeuble se refermer. Me voilà bien, j'ai pensé, en regardant mon ticket. Puis j'ai regagné l'appartement.

Je suis resté prostré un moment avant de parvenir à reprendre le dessus, et même si la tentation de chercher un prétexte pour me dérober à cette course m'a plusieurs fois effleuré l'esprit, j'ai réussi à me convaincre de ne pas renoncer. J'ai même fini par trouver de bonnes raisons de me rendre là-bas, en me disant que, tout compte fait, ce pouvait être l'occasion d'une grande victoire sur moi-même. J'avais bien l'intention aussi d'en profiter pour m'acheter une ou deux paires de lacets. Non pas que ceux que je portais avaient cédé, non pas qu'ils étaient même en train de faiblir, je ne détectais aucune usure préoccupante, mais je préférais prendre les devants. Depuis que j'avais des responsabilités, toute une famille à ma charge, je me devais d'être plus organisé et prévoyant qu'auparavant. Je n'allais pas attendre de casser mes lacets pour songer à m'en procurer une nouvelle paire. Il m'en fallait au moins une d'avance. J'envisageais peut-être même d'en changer dès ce soir, par prudence.

C'est d'un pas relativement serein, finalement, que je me suis mis en chemin, en repensant à toutes ces fois où j'avais préféré faire d'interminables détours plutôt que d'avoir à retraverser ce quartier. J'avais l'intention de passer chez mon cordonnier d'abord, sans oublier de lui déposer cette paire de bottes, bien sûr, que j'étais bien soulagé d'avoir pu trouver au fond d'un placard après avoir fouillé l'appartement de fond en comble. Comme il m'avait semblé, après un examen attentif des deux talons, que ceux-ci étaient aussi usés l'un que l'autre, dans le doute, j'avais pris l'audacieuse initiative – qu'elle apprécierait sans doute – d'emporter la paire.

J'ai d'abord été surpris, puis inquiet, en approchant de la boutique, de ne pas voir de lumière briller dans la devanture. Puis j'ai remarqué ce papier accroché derrière la porte vitrée : « Fermeture exceptionnelle », tout comme la fois dernière. J'ai tenté d'ouvrir la porte malgré tout. J'y ai collé mon nez. C'était bel et bien fermé. Puis en observant d'un peu plus près le mot qu'il avait laissé, il m'a semblé, à son aspect, qu'il devait être là depuis un bon bout de temps, déjà, que c'était probablement le même qui jaunissait au soleil et se gondolait depuis l'autre fois. Le petit bout d'adhésif qui le fixait à la vitre ne tenait plus que par miracle et pour sans doute très peu de temps encore.

Cette fermeture exceptionnelle prenait des allures de fermeture tristement définitive. Cela ne me disait rien de bon. Le vieux cordonnier était débordé et ce n'était sûrement pas par manque de clients qu'il avait mis la clé sous la porte. Car on venait de loin pour lui confier des souliers dans des états pitoyables, que d'autres avaient même jugés désespérés. Il ne reculait, lui, devant aucune intervention, même les plus délicates. « Est-ce que vous allez pouvoir les sauver ? » lui demandait-on. « Je vais faire tout mon possible », il répondait. Si bien que les chaussures condamnées pour les cordonniers ordinaires retrouvaient une seconde vie, une fois passées entre ses mains expertes. Certains de ses plus fidèles clients lui doivent même d'avoir pu emporter dans la tombe la paire de souliers de leurs vingt ans, dont on aurait dit qu'ils avaient été achetés la veille, spécialement pour l'occasion.

Ce que j'en déduisais, moi, c'était qu'il devait s'être tué à la tâche. J'en avais le sombre pressentiment, presque la vision. Il s'était probablement senti mal, s'était interrompu un instant. Il avait voulu mettre un mot sur la porte. Peut-être un autre, d'abord, avant celui-ci, c'était probable : « Je reviens dans cinq minutes », pensant que cinq minutes lui permettraient de récupérer, le temps de faire quelques pas sur le trottoir, de respirer un peu d'air frais. Mais il se sent de plus en plus mal et se dit que cinq minutes n'y suffiront peut-être pas à ce qu'il se requinque. Il décide de fermer, et de rentrer chez lui. Il déchire son petit mot pour en réécrire un autre : « Fermeture exceptionnelle », cette fois, qu'il affiche à la porte avant de sortir de sa boutique. On remarquait, d'ailleurs, que l'écriture semblait hésitante, que la main déjà faiblissait et peinait à former les dernières lettres. Il ferme la porte à clé en grimaçant. Il n'a même plus la force de descendre le volet. Au bout de quelques mètres, il titube, s'appuie contre une porte cochère, puis traverse le trottoir en diagonale, chancelant, s'appuie encore un instant avec son bras tendu contre un arbre, et tente de respirer profondément. Puis il repart, fait deux ou trois pas encore, et s'effondre au milieu du trottoir, mort comme un vieux cordonnier.

Cela ne s'était peut-être pas exactement passé de cette manière, toujours est-il que j'en ai été vraiment affecté. Je suis resté un moment devant la boutique avec mes bottes à la main, à regarder autour de moi, sans arriver à ordonner mes pensées. Puis je me suis assis sur un banc, juste le temps de faire mon deuil, avant de passer au pressing, comme elle me l'avait demandé.

De l'autre côté de la rue, il y avait un café. Parmi les clients assis en terrasse dont je ne distinguais que les silhouettes, j'ai remarqué un homme qui faisait de grands gestes du bras dans ma direction. Je me suis retourné, et comme je n'ai vu personne autour de moi, j'ai bien été forcé de constater que cela m'était adressé. Voyant qu'il insistait, je me suis levé pour en avoir le cœur net. Et ses gestes qui n'étaient jusqu'alors destinés qu'à attirer mon attention se sont faits plus précis. Il me faisait maintenant signe de venir le rejoindre. Je n'y voyais pas suffisamment clair pour en être sûr, mais je me suis demandé si je n'avais pas enterré le cordonnier un peu vite, si ce n'était pas lui, des fois, qui m'avait aperçu devant sa boutique et se manifestait pour me faire comprendre de ne pas m'en aller. Peut-être n'avait-il fermé que le temps d'aller prendre un verre ? J'ai pensé à Joseph, aussi. Était-ce possible que ce soit lui ? C'est sans doute ce qui m'a décidé à traverser, en tout cas, après que j'ai eu regardé autour de moi une dernière fois.

Tandis que les lignes et les contours du visage de l'homme, pas à pas, se dessinaient, je me suis aperçu que ce n'était ni Joseph ni le cordonnier. Et tellement j'étais concentré sur lui, je n'ai pas vu, ni entendu la voiture qui arrivait, et il s'en est fallu de bien peu pour qu'il n'y ait pas ici un point final. J'entends encore les pneus crisser sur l'asphalte. L'interminable coup de klaxon et les insultes qui ont suivi.

J'ai fini de traverser la rue en courant. En posant le pied sur le trottoir d'en face, cela m'a troublé de voir que l'homme se tordait de rire sur sa chaise et, du même coup, j'ai remarqué qu'il ne riait pas seul et qu'à ses côtés, un autre type auquel je n'avais jusqu'alors pas prêté attention riait avec lui. Je me suis demandé si c'était de moi qu'ils riaient, si c'était le fait que j'avais manqué de finir sous les roues d'une voiture qu'ils trouvaient drôle à ce point. Quand j'ai nettement distingué leurs visages et que j'ai reconnu deux des trois types qui m'avaient passé à tabac, non seulement j'en ai eu la certitude, mais j'ai compris qu'ils m'avaient sûrement fait traverser dans cet espoir-là, histoire de rigoler un peu. Ce devait être un petit jeu auquel ils se livraient pour tuer le temps, pour savoir qui allait payer les bières selon que je parvenais en vie de l'autre côté ou non.

Ils avaient l'air d'être là, à sécher au soleil, depuis des heures, depuis l'ouverture, probablement, depuis la veille, peut-être bien, avec la même bière éventée dont ils conservaient précieusement un centimètre au fond du verre auquel ils s'accrochaient pour éviter dans un moment de bravoure que le serveur ne le leur enlève. Ils occupaient, à l'aise, trois tables à eux deux, et vautrés dans leurs fauteuils en rotin, les pieds jusqu'au milieu du trottoir, ils devaient passer le temps à se payer la tête des passants, et en allongeant un peu les jambes, ils s'amusaient sûrement de temps en temps à en faire trébucher quelques-uns. C'était le genre de types à siffler les filles, aussi, à leur faire des mimiques obscènes, des petits bruits de succion. Et quand leurs yeux plongeaient dans un décolleté, lorsqu'ils entrapercevaient le relief de deux tétons sous l'étoffe ou ce qu'ils considéraient comme une remarquable paire de fesses, ils s'envoyaient alors de grands coups de coude dans les côtes, au bord de l'extase, ils se mettaient à grogner, à pousser des hurlements. Je n'y ai pas assisté à tout ça, personnellement. On ne me l'a pas rapporté non plus. Mais c'est pour dire un peu le genre de types que c'était et ce qui s'en dégageait. C'était sans doute pour cela qu'autour d'eux, il y avait comme un petit cercle désert, un périmètre de sécurité, un vide sanitaire.

Même si j'ai hésité un instant, je n'avais plus d'autre choix, maintenant que j'avais traversé, que de m'approcher d'eux. Je n'ai pas manqué d'aplomb, je n'ai pas perdu ma contenance. Faisons comme s'ils ne m'impressionnaient pas, me suis-je dit. J'étais plutôt fier de moi. Et si Joseph avait été là, il l'aurait sans doute été aussi. S'il avait été là, d'ailleurs, je crois bien qu'ils auraient passé un sale quart d'heure.

Je ne sais plus si j'ai prononcé un mot, peut-être juste « oui ? » au moment où je me suis planté devant celui qui m'avait fait signe, en attendant de savoir ce qu'il me voulait. À cause du soleil que j'avais juste derrière la tête, il plissait les yeux et grimaçait. Il a levé la main pour s'en protéger. « Excuse-nous, il m'a fait, alors, on t'a pris pour quelqu'un d'autre. » Celui d'à côté a trouvé ça très drôle. Ils ont eu l'air contents d'eux, ces abrutis. « Y a pas de mal », j'ai répondu, dans mes petits souliers, puis je leur ai tourné le dos en m'estimant heureux, cette fois, de m'en être tiré à peu de frais. Des pauvres types, j'ai pensé, tout est dit. Y a rien à ajouter. Et pendant que je m'éloignais sans traîner, je les entendais se marrer encore. Ils étaient bien à plaindre, en fait. Ils m'ont presque fait de la peine.

Je n'ai pas fait illusion bien longtemps. On se plaignait de moi. Y avait des réclamations. « Je te sens ailleurs », me reprochait-elle sans cesse. « Où veux-tu que je sois ? » lui répondais-je. « Je ne sais pas, mais tu n'es pas là. – Bien sûr que si que j'y suis. »

Je n'étais pas doué pour la vie de famille, c'est un fait, je le reconnais bien volontiers. J'étais novice en la matière, mais j'y mettais pourtant tout mon cœur, même si, comme à tout le monde, évidemment, il m'est arrivé de faire des erreurs. Était-ce pour autant une raison de me harceler à longueur de journée ? « Tu n'es pas à ce que tu fais », insistait-elle. Tout cela parce qu'une ou deux fois, trois fois, peut-être, tout au plus, j'avais oublié les enfants à l'école. Mais était-ce un crime que de ne pas se réveiller d'une sieste ? « Où as-tu la tête ? À quoi penses-tu ? » se plaisait-elle à me répéter. « N'en faisons pas un drame, veux-tu ? » Tout cela, peut-être aussi, parce qu'une autre fois, une seule, j'avais ramené de l'école d'autres enfants que les nôtres à la maison, tout à fait charmants, d'ailleurs, de mon point de vue. On n'y aurait pas perdu au change, même si, je le comprends, ce n'étaient pas les siens et cela lui paraissait important. Mais était-ce ma faute, à moi, s'ils s'étaient jetés dans mes jambes en criant « Papa » ? Tous les enfants se ressemblent et sur le chemin du retour aurais-je dû les examiner à la loupe ? Leur demander leurs papiers ? N'étaient-ils pas, eux, tout autant à blâmer que moi de ne pas avoir reconnu leur père ? « Vraiment, tu me désoles ! » me disait-elle, simplement parce que j'oubliais de temps en temps leurs prénoms, moi qui avais déjà bien du mal à me souvenir du mien, si bien que j'étais obligé de me les écrire au creux des mains. Dans la gauche, celui de la fille – ou bien dans la droite, je ne sais plus –, et dans la droite, celui du garçon – ou bien était-ce dans la gauche ? Mais cela ne m'évitait pas de confondre ma gauche et ma droite. Je m'en sortais difficilement. Était-ce une raison de m'accabler à ce point ?

Elle a voulu que nous prenions des vacances en famille, « pour changer d'air, faire le point, et repartir du bon pied », disait-elle. Je n'avais rien contre. L'idée de quelques jours au bord de la mer m'enthousiasmait vraiment. Et je ne regrette rien. On a passé de belles journées à la plage, on a pris du bon temps. Les enfants me payaient des glaces, m'apprenaient à faire du cerf-volant. « À quoi tu penses ? » m'a-t-elle demandé, alors que les gamins m'avaient enterré dans le sable jusqu'au cou, puis s'en étaient allés jouer un peu plus loin. « À rien, lui ai-je répondu. À quoi veux-tu que je pense ? – Je ne sais pas, mais je ne te sens pas avec nous. » J'avais déjà du mal à respirer, je ne me suis pas donné la peine de répondre. Que pouvais-je, de toute manière, contre cet acharnement ? Avec les enfants, cela se passait bien, pourtant. Du moins, je le pensais, alors. Au fil des jours, on apprenait à mieux se connaître, à s'apprécier davantage. Je les aimais bien, et je crois que c'était réciproque. Sans doute ne m'auraient-ils pas sauvé la vie, sinon, un jour où je m'étais aventuré un peu plus loin que d'habitude, là où je n'avais pas pied et que le courant m'emportait. Lorsque j'ai été en état de parler à nouveau, la première chose que j'ai dite à leur mère, c'était qu'elle pouvait être fière d'eux. Elle a simplement secoué la tête. On est rentrés plus tôt que prévu.

Notre petit séjour à la mer n'a pas eu sur le couple l'effet escompté, mais j'ai de bonnes raisons de croire que les choses étaient jouées d'avance et que les dés étaient pipés. « Qui veut noyer son chien l'accuse de la rage. » « Tu n'es plus le même, tu as changé », ne se lassait-elle pas de me seriner. « Tu as la tête ailleurs, je le sens bien », m'a-t-elle même reproché, un soir de lumière tamisée, alors que je m'efforçais de lui arracher un soupir, un hoquet, et que j'aurais tout aussi bien pu lui retourner le compliment. « On pourrait peut-être un jour changer de manière de faire, aussi », a-t-elle ajouté, non pas comme une suggestion mais comme un reproche supplémentaire. Je me demande bien pourquoi je me donnais tant de peine.

Bien des fois, l'envie de gravir les quelques marches qui me séparaient de chez moi m'avait traversé l'esprit. Je ne sais pas, au fond, ce qui me retenait de le faire. Je n'avais rien demandé à personne, après tout. Je n'avais fait que me tromper d'étage, un soir, en rentrant chez moi. Il faudrait peut-être que l'on s'en souvienne. De temps en temps, cela me revenait comme une évidence. Puis je l'oubliais. S'il n'y avait pas eu les enfants, je ne serais sans doute pas resté bien longtemps.

Fallait-il que je m'y sois attaché, à eux, pour supporter ses réflexions incessantes. « Une femme a besoin d'être rassurée, vois-tu, besoin de sécurité », façon détournée et subtile de me dire que je n'étais pas ou plus celui qui la rassurait, car lorsqu'elle disait « une femme », je savais bien que c'était d'elle qu'elle me parlait, et que c'était à moi que cela s'adressait. Mais quels étaient au juste ces terribles dangers qu'elle redoutait ? De quelle guerre parlait-elle ? Quelle épidémie ? De quel tremblement de terre, quelle éruption volcanique, de quelle vague scélérate était-il question ? De quelle horde de barbares voulait-elle que je la protège ? Quel tigre à dents de sabre menaçait ses enfants ? Et en vue de quel déluge aurais-je dû construire un navire ? Ce dont j'aurais été, de toute manière, bien incapable, étant donné, comme elle me l'avait déjà dit et répété mille fois, que je ne savais rien faire de mes dix doigts. Elle était insaisissable. Comprenne qui pourra.

Côte à côte, assis sur le canapé, on regardait un film, un soir, à la télé. C'était un film drôle. Elle m'avait dit : « Il y a un film drôle, à la télé, ce soir. – Chouette, on va rire un peu », j'ai fait, avant d'ajouter « ça nous changera », mais ça, je l'ai dit tout bas. En fait, je l'avais déjà vu, moi, ce film, au moins trois fois, et à chaque fois je l'avais trouvé moins drôle que la fois d'avant, ce qui n'est pas peu dire, une fois que l'on sait qu'il ne m'avait pas fait rire du tout la toute première fois, déjà, pas même sourire. Mais comme elle avait l'air contente de partager ce moment avec moi, je ne lui ai pas dit que je l'avais déjà vu et je ne lui ai pas dit non plus ce que j'en avais pensé, ce que j'ai regretté ensuite, car si je l'avais fait, la soirée et les jours qui ont suivi, ma vie, peut-être, qui sait, se seraient déroulés différemment. À quoi ça tient parfois…

Dès le début, elle m'observait du coin de l'œil, je le sentais bien, sans doute surprise que je ne me sois pas esclaffé, comme elle, dès les premiers instants. Elle m'a regardé plusieurs fois, furtivement, puis n'y tenant plus, elle s'est tournée vers moi. « Tu ne ris pas ? » elle m'a fait. « Si si », j'ai dit. « Tu ne trouves pas ça drôle ? – Bien sûr que si », lui ai-je répondu. « Alors pourquoi tu ne ris pas ? – Mais je ris, je t'assure que je ris. – Tu penses à autre chose ? – Bien sûr que non. – Tu penses à quoi ? – À rien du tout. – Tu penses à qui, alors ? – Mais à personne, voyons. – Tu penses à elle, c'est ça ? – À qui donc ? – Tu penses à elle, je le vois bien, depuis le début. Tu ne regardes même pas l'écran, tu as les yeux dans le vide, tu souris bêtement. – Je souris à cause du film, enfin. – Tu mens ! Tu penses à elle ! – Écoute, Mirna, j'ai dit, arrête ton cinéma, tu veux ! » Et j'ai été assez fier du ton autoritaire que j'avais employé, ce qui fait que sur le coup je ne me suis même pas rendu compte que je l'avais appelée Mirna, ce qui expliquait pourquoi, en fait, elle ne disait plus un mot, les yeux rivés sur l'écran du téléviseur, mais le regard bien au-delà. Cela dit, je n'étais pas absolument sûr qu'elle l'avait entendu. Le doute était permis. J'ai donc fait comme si de rien n'était, comme si je n'avais rien dit de particulier. Pour lui paraître tout à fait naturel, j'ai feint de m'intéresser au film, je me suis même forcé à rire, de temps en temps, même si – tout particulièrement ce soir – c'était définitivement le film drôle le moins drôle qu'il m'ait été donné de voir. Encore moins drôle que si je l'avais vu cinq cents fois et qu'à chaque fois il avait été cent fois moins drôle que la fois d'avant, sachant, je le rappelle, que je ne l'avais déjà pas trouvé drôle du tout la première fois. Me suis-je bien fait comprendre ? Ça donne une idée de l'ambiance.

Ce n'est qu'après le générique de fin que l'orage a éclaté. Comme si durant les longues minutes qui avaient précédé elle avait patiemment laissé les nuages s'amasser, le ciel s'obscurcir au-dessus de nous, comme si elle avait usé de ce délai pour rassembler ses forces, lever des armées de cavaliers furieux, qu'elle avait massés ensuite au sommet des collines. L'éclat des armes, les étendards, les volées de flèches enflammées, les hennissements des chevaux, et le tonnerre par-dessus la clameur des guerriers, tout cela, je l'ai vu dans ses yeux, je l'ai entendu dans sa voix, lorsqu'ils ont déferlé sur moi, seul au milieu de la plaine. J'ai fait le dos rond.

C'est un miracle que je m'en sois sorti. J'ai tout nié en bloc, je lui ai dit que je ne comprenais pas. Que jamais je ne l'avais appelée Mirna, qu'elle avait sans doute mal entendu, que je ne connaissais même personne qui portait ce prénom curieux. Je suis monté sur mes grands chevaux, moi aussi, j'ai dû batailler ferme, j'ai même juré sur la tête de mes enfants et « si je mens, j'ai dit, en pointant un index en l'air, que je sois foudroyé à l'instant ! ». Puis j'ai serré les dents et j'ai prié pour que le ciel soit clément. Le lendemain, elle est revenue à la charge, encore. Mais j'ai tenu bon, si bien qu'à force, à l'usure, sa colère s'est émoussée. Elle s'est mise à douter d'elle et de ce qu'elle avait cru entendre.

Tout se serait sans doute arrangé si, deux jours plus tard, elle n'avait pas trouvé les lettres de Mirna que j'avais oubliées sous mon oreiller parce que je les relisais la nuit lorsqu'elle dormait, au prix de grands efforts, à la lumière qui filtrait au travers des persiennes. J'aurais pu les lire dans le noir complet, même, puisque je les connaissais par cœur.

J'ai tenté de lui dire qu'il ne fallait pas qu'elle se méprenne, que j'allais tout lui expliquer, que ce n'étaient pas mes lettres, enfin qu'elles ne m'étaient pas adressées, que c'était une erreur du facteur et que j'attendais de le revoir pour les lui rendre. Tout cela n'était pas très crédible, j'en conviens, et donc, elle ne m'a pas cru. J'ai eu la présence d'esprit de lui dire qu'elle n'avait qu'à regarder le nom qui figurait sur les enveloppes et qu'elle s'apercevrait que ce n'était pas le mien et que je disais la vérité. Elle m'a répondu qu'elle s'était débarrassée des lettres aussitôt après les avoir lues et que de toute manière elle ne me croyait plus. Et quel qu'ait été le nom qu'elle aurait pu lire sur les enveloppes elle ne m'aurait pas cru. J'ai fait celui qui s'en fichait. J'ai pris un air détaché. J'ai dit que c'était une bonne chose qu'elle les ait jetées, que cela m'éviterait d'avoir à les rendre au facteur. Mais je crois bien que je me serais effondré, si je ne les avais pas sues par cœur.

Je m'en suis voulu à mort d'avoir été stupide au point d'oublier ces lettres sous mon oreiller. C'était à croire que je voulais qu'elle les trouve et qu'elle me mette à la porte. L'ai-je déjà dit que c'était à cause des enfants que je restais ?

J'aurais tant voulu, un jour, en allant voir ma tante, apercevoir à travers la fenêtre, sur la route parallèle aux rails, entre les rangées de platanes, des colonnes de blindés, des camions bourrés de soldats, les bras en V et encore des V plein les mains, et la liesse et des airs de fanfare, déjà, à l'entrée des villages. Ça m'aurait tellement fait plaisir, en arrivant, de pouvoir courir le lui dire, de monter les marches de l'escalier, de me précipiter dans le couloir et d'entrer dans sa chambre à bout de souffle pour lui annoncer la nouvelle. Lui dire que ça y était, cette fois, qu'elle avait raison, que je les avais vus, que je les avais même dépassés avec le train, qu'ils n'étaient plus très loin, qu'elle s'habille, qu'on y allait enfin.

J'ai fini par m'endormir, la tête contre la vitre, et le voyage s'est poursuivi le long des convois militaires, lorsqu'au bord de la route qui longeait, par endroits, de très près la voie, j'ai vu tout un groupe de petits vieux hagards, effrayés par le vacarme des engins. Ils marchaient dans l'autre sens, sur le bas-côté, dans l'herbe, à petits pas prudents, juste au bord du fossé. J'ai tenté de reconnaître ma tante parmi eux, je l'ai cherchée du regard. J'ai eu beau me retourner, coller ma tête à la vitre pour ne pas les perdre de vue, les rails s'éloignaient de la route et nous avons disparu entre deux talus. Lorsque j'ai rouvert les yeux, le train était en gare, et j'ai tout juste eu le temps de bondir vers la porte et de sauter sur le quai avant qu'il ne reparte.

Je l'ai regardé jusqu'à ce qu'il disparaisse au loin. Je me suis assis sur un banc. J'avais du mal à reprendre mes esprits. Je n'avais plus aucune raison de me précipiter là-bas, maintenant. Rien de particulier à annoncer. Je me suis mis en chemin tranquillement.

J'avais déjà frappé à sa porte lorsque je me suis rendu compte que j'arrivais les mains vides. « Tant pis, j'ai pensé. Une fois n'est pas coutume. » Je suis entré quand même. Elle était assise dans le fauteuil à côté du lit. « C'est moi, j'ai fait. Comment ça va ? » Je me suis approché d'elle pour l'embrasser. J'ai senti qu'elle se raidissait un peu. Comme au bout de quelques minutes, je n'avais toujours pas entendu le son de sa voix, je lui ai demandé ce qui n'allait pas. Elle évitait mon regard. Elle ne m'a pas répondu. Je me suis dit qu'elle m'en voulait pour quelque chose. Parce que j'étais venu les mains vides, ou bien, comme j'avais pris tout mon temps, peut-être étais-je un peu en retard, et cela suffit aux personnes de son âge pour que la terre s'effondre. Elle finirait par se dérider, pensais-je. Je lui ai demandé comment elle se sentait, qu'est-ce qu'elle avait fait de beau ces jours-ci, si quelqu'un était venu lui rendre visite, ce qu'avait dit le médecin, si elle s'était promenée un peu, si elle prenait ses médicaments. Elle s'obstinait à rester silencieuse, mais je ne me suis pas découragé. J'avais de la réserve, des questions pour tout l'après-midi, s'il le fallait, et des sujets de conversation plein les poches. Jc n'allais pas me décourager pour si peu. Je lui ai demandé ce qu'ils avaient mangé de bon à midi, ce qu'ils allaient manger de bon ce soir. Et demain, qu'est-ce qu'il y avait au menu ? Est-ce qu'elle le savait ? Je lui ai proposé qu'on aille jusqu'au réfectoire, voir sur la porte si c'était affiché. Ce serait l'occasion de faire quelques pas ensemble. Toujours pas la moindre réaction. « Qu'est-ce qui t'arrive ? » j'ai fait. Elle restait de marbre. J'ai poursuivi. Je lui ai dit qu'il y avait un film drôle, à la télé, l'autre soir. Je lui ai demandé si elle l'avait regardé. « T'as pas regardé, l'autre soir, il y avait un film drôle, à la télé ? » Elle s'en fichait pas mal. « Tu l'as pas vu, non ? » j'ai insisté. Visiblement pas. Qu'à cela ne tienne, je le lui ai raconté en détail, elle l'avait bien cherché. Je lui ai dit que c'était le film le plus drôle que j'avais jamais vu, et pourtant je l'avais déjà vu un certain nombre de fois, mais à chaque fois que je le revoyais, il me faisait encore plus rire que la fois d'avant. « Et rien que d'y repenser, comme ça, j'en ris encore, même si quand je te le raconte, forcément, c'est moins drôle. » Elle regardait vers la fenêtre. « Et ce documentaire sur les charmeurs de serpents, j'y repense, est-ce que je t'en ai déjà parlé ? Non ? Je ne sais plus, je ne crois pas. » Alors je me suis lancé. Il m'avait tellement marqué que je m'en souvenais encore très bien. Lorsque le charmeur de serpents revient du marché avec des serpents plein son sac et qu'il les montre à ses enfants. Et quand la femme du charmeur de serpents dit que l'hiver les serpents dorment au chaud dans le lit des enfants, puis qu'on les voit jouer de la flûte en famille aux serpents. Et lorsque à cause d'une fausse note de l'enfant, le serpent le mord à la cheville. Mais ce n'est heureusement que par un cobra dont la morsure n'est pas mortelle. On voyait la marque des crochets et juste un petit filet de sang. Le charmeur de serpents s'est alors empressé de donner à l'enfant une de ces petites pierres blanches qu'ont tous les charmeurs de serpents pour absorber le venin et qui sont en fait de petites pierres blanches qu'ils ramassent dans le lit des rivières où vivent certaines grenouilles bien particulières qui font des calculs de la vésicule, soit dit en passant. Une fois que l'enfant a avalé un ou plusieurs de ces petits cailloux blancs – je ne me souviens plus de la posologie, exactement –, peu de temps après, on ne voit plus rien, l'enfant est guéri. « Mais pas toujours », disait la femme du charmeur de serpents. Enfin, ce n'est pas tout à fait ce qu'elle a dit. Elle ne l'a pas dit comme ça, en tout cas. Je ne me souvenais plus de ses propos exacts, ni de ce qu'elle entendait au juste par là. C'était la seule chose qui m'échappait avec le temps. De toute manière, je me demande bien pourquoi je me donnais du mal pour me souvenir de ce qu'avait dit la femme du charmeur de serpents, car tout dans l'attitude de ma tante me montrait qu'elle se souciait aussi peu de cette femme de charmeur de serpents, que cette femme de charmeur de serpents ne se souciait d'elle.

J'ai tout envisagé pour expliquer son comportement. Peut-être m'en voulait-elle de ne pas lui parler suffisamment de moi ? Alors c'est ce que j'ai fait longuement. Je lui ai raconté, entre autres, que j'avais rencontré un type qui était devenu un ami, que je l'avais même hébergé chez moi pendant quelque temps parce qu'il avait eu des ennuis. Je suis resté évasif, pour ne pas l'effrayer, quant au genre d'ennuis qu'il avait eus, même si elle ne m'a posé aucune question à ce sujet. Ni à aucun autre sujet, d'ailleurs. J'ai dit qu'il s'en était allé ensuite parce qu'il avait eu des choses à régler, et que je l'avais perdu de vue depuis, et que cela m'attristait beaucoup, que je me faisais du souci pour lui. J'ai hésité un peu et je me suis laissé aller à lui confier, aussi, que j'avais quelqu'un dans ma vie, maintenant. Que je vivais avec elle, et que j'avais même des enfants, enfin que ce n'étaient pas les miens, mais que c'était tout comme, et qu'un de ces jours, on viendrait la voir tous en famille, c'était prévu. Pas dimanche prochain, mais celui d'après, sans doute, ou celui d'après celui d'après. Je ne lui ai pas parlé de Mirna, elle n'aurait pas compris. Je n'avais pas l'intention, non plus, de lui dire qu'il y a quelque temps, je m'étais fait sauvagement agressé. Mais j'ai pensé que ça l'impressionnerait sûrement et qu'elle cesserait peut-être alors de me faire la tête, qu'elle me plaindrait et me poserait quelques questions. « Tu sais, je ne t'en ai jamais parlé, je lui ai dit, parce que je ne voulais pas t'inquiéter, mais je me suis fait sauvagement agresser, il y a quelque temps. » Puis je me suis tu, je l'ai regardée. Quelques secondes se sont écoulées. « Maintenant ça va, je lui ai dit, merci », en réponse à une question qu'elle ne m'avait pas posée. « Ça a été assez dur, au début, mais je m'en suis remis », j'ai ajouté encore. Puis je me suis levé brusquement. J'en avais un peu assez. Il fallait que je prenne l'air. « Je reviens, j'ai dit. Je vais faire un tour. »

Je suis descendu, j'ai traversé le hall d'entrée et je suis sorti devant la porte, sur le perron, en haut des quelques marches en pierre où je me suis assis sur la rampe. Debout de l'autre côté de l'escalier, il y avait un vieil homme en pyjama qui fumait une cigarette. Je le voyais ici, à chaque fois, quand j'arrivais, et quand je m'en allais aussi, au même endroit exactement, du même côté des marches. Par tous les temps, il était planté là, en toute saison, été comme hiver, jour et nuit, peut-être, avec le même air, le même pyjama trop grand pour lui – c'était sûrement lui, d'ailleurs, qui avait rétréci. C'était à se demander si ce n'était pas la même cigarette qu'il fumait depuis toujours, s'il ne l'avait pas allumée, il y avait de cela des années, ou peut-être bien avant encore. Qui sait s'il ne la tenait pas de son père qui la tenait du sien ? Car cela m'avait tout l'air d'être une très vieille cigarette, tordue et maigrelette, comme on n'en fait plus de nos jours. Et lorsqu'il l'aurait finie, dans quelques mois, quelques années – le plus tard possible, je le lui souhaitais –, lorsqu'elle lui brûlerait ses doigts jaunis, on pouvait craindre qu'il tomberait raide mort, face contre terre, et s'éteindrait en même temps que son mégot.

Je ne sais pas ce qui m'a pris de m'adresser à lui, parce que ce n'est pas trop mon genre, d'ordinaire, d'aller au-devant des gens et d'engager comme ça la conversation. « Il fait pas chaud », je lui ai dit, parce que c'est ce que j'ai trouvé de mieux à dire, et peu importe ce que je disais, en fait, j'avais juste besoin que quelqu'un me réponde, pour voir si ce n'était pas le monde entier, des fois, qui m'en voulait subitement pour quelque chose. J'ai bien pensé à lui dire plutôt qu'il faisait froid, mais cela aurait été un peu exagéré, tout de même, car s'il ne faisait pas chaud, on ne peut pas dire pour autant qu'il faisait froid. Mais il faut reconnaître qu'il m'aurait été difficile de l'aborder en lui disant « il ne fait ni chaud ni froid ». C'est le genre de propos qui ne fait réagir personne. Et cela aurait été la meilleure des choses à dire si je n'avais souhaité en retour qu'un haussement d'épaules. « On dirait que ça se couvre », m'avait également traversé l'esprit, mais j'avais trouvé cela tout aussi inapproprié, car le ciel était uniformément couvert, ni plus ni moins qu'il ne l'était quelques minutes auparavant. Lui dire qu'il ne faisait pas chaud était réellement la meilleure des choses à lui dire si l'on voulait dire quelque chose d'un tant soit peu pertinent par rapport au temps qu'il faisait. Ce n'était pas une affirmation définitive, non plus, et je comptais bien avoir son opinion sur la question. Quel était son avis ? Qu'en pensait-il, lui, de son point de vue, en pyjama ? Est-ce que sa cigarette lui servait aussi de brasero ?

« Il fait pas chaud », je lui ai répété, donc, un peu plus fort, parce que, sans doute, il était un peu dur d'oreille et que ma discrétion habituelle m'avait fait m'exprimer, la première fois, peut-être un peu trop faiblement. Il a tourné la tête vers moi. Je me suis frotté les mains l'une contre l'autre pour illustrer mon propos. Il m'a longuement regardé avec un drôle d'air, à la fois surpris et amusé, dirais-je. Il a failli parler, je l'ai vu sur ses lèvres. Il a semblé se raviser. Puis il s'est lancé quand même et m'a demandé, un peu gêné, si on m'avait déjà dit que je ressemblais beaucoup au type qui présente la météo, le soir, tard, à la télé. Je n'ai pas hésité bien longtemps. Je savais que ça lui ferait plaisir. Je lui ai dit que c'était moi, y avait pas de mal à ça. Je ne m'attendais pas, pourtant, à ce que cela produise sur lui cet effet-là. Tout son visage a changé, brusquement. On aurait dit qu'il venait de perdre dix ans d'un seul coup. Il n'en revenait pas de me voir ici en vrai. Il m'a dit qu'il me regardait tous les soirs, que ça l'intéressait parce qu'il était souvent là, lui, dehors, à la même place. Tout le temps, même, il m'a dit, à fumer sa cigarette. J'ai bien noté qu'il n'a pas dit « une cigarette », mais « ma cigarette », ce qui me confirmait que c'était effectivement la même qu'il fumait depuis toujours, comme je l'avais pressenti. Il n'en finissait pas de s'exclamer que ce n'était pas croyable de me voir ici. Il m'a dit que je faisais un peu plus vieux qu'à la télé, quand même. J'ai dit que c'était le maquillage. Il m'a gentiment fait remarquer qu'il m'arrivait de me tromper quelquefois, qu'il n'avait pas plu comme je l'avais prévu au début de la semaine dernière. Il n'y a pas si longtemps, aussi, j'avais annoncé qu'il ferait beau et on n'avait pourtant pas vu le soleil. Il m'a bien précisé qu'il disait cela comme ça, que je n'aille surtout pas croire qu'il me le reprochait. Il avait toute confiance en moi. Il m'a demandé, à ce propos, quel temps je prévoyais pour demain. J'ai dit « comme aujourd'hui. – Et après-demain ? – Comme ci, comme ça, j'ai fait, jusqu'en milieu de semaine. » Ça avait l'air de lui convenir. « Il faut dire qu'on n'a pas été gâté, jusque-là, m'a-t-il dit, surtout moi. » Je lui ai souri. « Je suis bien content de vous avoir rencontré, en tout cas », ne cessait-il pas de me répéter, lorsque son regard s'est troublé, soudain. « Ça ne va pas ? » j'ai demandé. Il s'est excusé en s'essuyant les yeux avec la trop longue manche de son pyjama. « À mon âge, il m'a fait, rien qu'un souvenir qui passe vous fait pleurer. » Puis il m'a confié que sa femme m'aimait beaucoup, aussi, et que si elle avait encore été de ce monde, lorsqu'il lui aurait dit qui il avait rencontré, avec qui il avait parlé, elle n'en serait pas revenue, elle se serait peut-être même évanouie. Une nouvelle fois des larmes ont envahi ses yeux. Lorsqu'il le raconterait aux infirmières, a-t-il poursuivi, même si elles étaient toutes bien gentilles, elles ne le croiraient pas, il en était sûr. Elles l'écouteraient sûrement ou elles feraient semblant de l'écouter, elles prendraient un air intéressé, peut-être même qu'elles simuleraient l'étonnement, qu'elles s'exclameraient qu'il avait bien de la chance, mais au fond, jamais elles ne le croiraient, il en était persuadé. Je me suis approché de lui. Je lui ai longuement serré la main. Il fallait que j'y retourne, maintenant, comme on retourne au combat. Je lui ai dit que ça m'avait fait bien plaisir de parler avec lui. « Et moi donc, m'a-t-il répondu, vous pouvez pas imaginer… » Avant de le laisser, comme un secret, je lui ai dit encore qu'on aurait sûrement une belle arrière-saison.

Juste avant de regagner la chambre, je suis passé voir les infirmières. J'ai demandé si je pouvais parler au médecin parce que je m'inquiétais pour ma tante. On m'a dit qu'il n'y en avait pas aujourd'hui, mais que je pourrais sûrement en voir un demain. On m'a demandé si j'étais de la famille. « Bien sûr, j'ai fait, puisque je vous dis que c'est ma tante. Enfin une grand-tante, pour être exact. C'est assez compliqué, en fait. Comment vous dire ? Ce serait même plutôt la cousine d'une grand-tante. Ou bien sa nièce, je ne sais plus. » Et plus je tentais d'être précis, plus je devenais flou. « Laissons tomber, j'ai fini par dire. Peu importe. Je repasserai, c'est pas très important. » Je suis sorti du bureau. Peut-être bien que c'était ma mère, après tout.

Lorsque je l'ai retrouvée, elle avait changé de place, mais pas d'attitude. Je m'en suis vite rendu compte après quelques tentatives pour essayer de lui arracher un mot. Je lui ai même parlé de cet homme que je venais de voir en bas. Je le lui ai décrit, lui ai demandé si elle le connaissait. Elle regardait ses souliers. J'ai fini par perdre patience. J'ai haussé la voix. J'ai voulu la bousculer un peu. « Bon sang, qu'est-ce qu'il y a qui ne va pas ? ! Tu ne vas quand même pas me faire la tête comme ça jusqu'à ce que je m'en aille ! » Elle a enfin levé les yeux vers moi. Elle n'a pas fui mon regard, cette fois. Elle a parlé d'une voix infiniment lasse. « Laissez-moi, elle m'a dit, je vous en prie, je n'en peux plus. N'insistez pas, je ne sais rien. » Voilà ce qu'elle m'a dit. À moi. Ça m'a fait un drôle d'effet.

Je lui ai juste pris la main. Je suis resté à ses côtés. Je n'ai plus parlé, tout le reste du temps, jusqu'à ce qu'il faille songer à partir. « C'est déjà l'heure », j'ai dit, et je me suis levé doucement. « À dimanche, alors, j'ai fait, la gorge serrée. Pas dimanche prochain, celui d'après. Mais je t'appellerai dimanche prochain, de toute façon. » Je lui ai fait un petit signe de la main et j'ai quitté la chambre. J'ai rouvert la porte aussitôt pour lui dire que j'avais oublié de lui dire qu'elle avait raison, que je les avais vus depuis le train, qu'ils arrivaient et qu'ils étaient nombreux, qu'elle ne s'en fasse plus, qu'elle tienne bon, qu'ils n'étaient plus très loin. Son visage ne s'est pas éclairé pour autant. Je ne sais pas si elle y croyait encore. J'ai refermé la porte pour de bon.

Quand je n'y étais pas allé en arrivant, je passais souvent voir le vieil homme du premier juste avant de repartir. Je lui parlais quelquefois de ma tante, et aujourd'hui plus que jamais, j'avais besoin de lui en parler. J'ai frappé deux fois et je suis entré. Quand j'ai vu que la pièce était vide et que le lit était fait, j'ai cru m'être trompé de chambre. J'ai refermé la porte, mais j'ai gardé ma main sur la poignée. Est-ce cela que l'on entend par impression de déjà vu ? me suis-je demandé. J'étais bien au premier, pourtant, c'était la dernière chambre à droite au bout du couloir, le numéro sur la porte était le bon et, autour de moi, à mes quelques points de repère habituels, j'en ai déduit qu'il n'y avait pas d'erreur possible. J'ai frappé trois coups, cette fois, plus espacés, puis je suis entré pour constater exactement la même chose que l'instant d'avant, à savoir que la chambre était toujours vide et que le vieil homme n'était pas dans son lit. Cela m'a contrarié. Une fois qu'on a ses petites habitudes, on a du mal à s'en défaire, et si je m'étais écouté, ou si je ne m'étais pas écouté – cela dépend de quel point de vue on se situe –, je serais ressorti, puis je serais entré de nouveau. Et j'aurais recommencé, comme ça, un certain nombre de fois, comme un illusionniste amateur qui espère, à force d'insister, que le lapin finira bien par sortir du chapeau.

Je suis entré dans la chambre. Je ne me suis posé aucune question. Je me suis efforcé de ne me poser aucune question. J'ai jeté ma veste sur le dossier du fauteuil. J'ai retiré mes souliers. Et je me suis mis au lit, me suis glissé sous les draps. Je n'avais plus la force de faire un seul pas aujourd'hui. J'avais bien l'intention de rester là jusqu'à ce qu'on me trouve et qu'on me fiche à la porte. Au moins jusqu'au petit matin, jusqu'au premier train.

J'ai repensé à l'homme que j'avais rencontré un peu plus tôt sur le perron. J'espérais qu'il ne serait pas trop déçu, ce soir, qu'il ne se sentirait pas trahi, en regardant la météo, si, après le dicton du jour, tout à la fin, je n'avais pas un petit mot pour lui, un message personnel à lui passer. Je me suis demandé, aussi, comment il s'y prenait pour garder sa cigarette allumée toute la nuit. Je l'imaginais dans son lit, endormi sur le dos, sa très vieille cigarette au coin des lèvres, et la chambre enfumée. J'ai remonté le drap par-dessus ma tête.

Je suis tombé sur le facteur, un matin, en sortant de l'immeuble. À vrai dire, je l'attendais depuis une heure, déjà, dans l'entrée, devant les boîtes aux lettres, et lorsqu'il a poussé la porte et que je l'ai vu apparaître, je me suis mis en mouvement, j'ai fait comme si, par hasard, je sortais au même instant. « Tiens, bonjour, j'ai dit, d'un ton enjoué. Ça fait un moment qu'on s'est pas vus ? – J'ai été malade », m'a-t-il répondu, plutôt distant. « Rien de grave, au moins ? » j'ai demandé. « Si si », m'a-t-il dit. « Tant mieux », lui ai-je répondu, emporté par mon élan, parce que je ne l'écoutais pas vraiment et que je n'avais qu'une chose en tête et que, d'ordinaire, les gens à qui l'on demande gentiment « rien de grave, au moins ? » ont la pudeur de répondre « non non » et non pas « si si ». Lorsque je m'en suis rendu compte, j'ai hésité un instant. Devais-je m'excuser ? Lui dire que j'avais mal entendu ? Que j'avais compris « non non » lorsqu'il m'avait dit « si si » ? Que je ne lui aurais pas dit « tant mieux » sinon, car je ne me réjouissais pas, évidemment, du fait qu'il ait été gravement malade, cela va sans dire ? Mais j'aurais dû lui demander, alors, ce qui lui était arrivé, de quel mal il avait souffert, ou souffrait peut-être encore. Il ne tenait sans doute pas, étant donné nos relations, à s'étendre sur le sujet. Je n'y tenais pas non plus particulièrement. C'était plutôt délicat. Mais pourquoi ne m'avait-il pas répondu « non non », auquel cas le problème ne se serait pas posé ? J'ai cessé de m'appesantir sur la question. J'ai enchaîné avec ce qui me préoccupait vraiment. « Il y a quelque chose pour moi ? » je lui ai demandé, alors qu'il venait de commencer à glisser du courrier dans les boîtes. Il s'est interrompu en soupirant pour bien me signifier son agacement. « À quel nom ? » il m'a fait. La question m'a surpris. J'ai même hésité avant de lui répondre. « Vous savez bien », j'ai dit, avec un sourire gêné. « Je ne sais pas, non », m'a-t-il répondu. « Ben… Pierre Simon », lui ai-je fait, en parlant un peu plus bas. « Pardon ? » m'a-t-il dit. « Pierre Simon », j'ai répété en haussant la voix. « Comment vous dites ? » De deux choses l'une, ou il se moquait de moi ou c'était des oreilles qu'il avait souffert et il en gardait de lourdes séquelles, apparemment. Dans le doute, j'ai donc répété « Pierre Simon », une fois encore, plus fort, plus lentement et le plus distinctement possible. Il a eu l'air satisfait, enfin. Il m'a fait un large sourire. « Ça fait plaisir à entendre », m'a-t-il dit. « Pardon ? – Je dis que ça fait plaisir à entendre, surtout quand c'est dit comme ça, à haute et intelligible voix. – Je suis désolé, j'ai fait, en secouant la tête, je ne vous suis pas. » Mais il a préféré mettre un terme à la discussion. « C'est bon, on ne va pas y passer la nuit, non plus. J'ai pas que ça à faire. – Bien sûr ! » lui ai-je répondu, très soucieux de ne pas le froisser, surtout. « Pierre Simon, donc, a-t-il répété encore une fois. C'est bien ça ? » avant de se mettre à parcourir le paquet de courrier qu'il avait entre les mains. J'attendais sagement. « C'est bien ça ? » a-t-il redemandé d'un ton irrité, parce que je n'avais pas saisi, sur le coup, qu'il attendait que je le lui confirme. « C'est ça, oui, c'est bien ça », me suis-je empressé de lui répondre. « Il faut le dire, alors, si c'est ça ! » m'a-t-il reproché. « Mais je le dis, je ne fais que ça. » Et je commençais à faire de vrais efforts sur moi pour me contenir et rester bien courtois. « Vous le dites, peut-être, m'a-t-il rétorqué, mais pas bien fort. Et vous ne l'avez pas toujours dit, n'est-ce pas ? » J'ai haussé les épaules. « Disons que j'ai changé. – Disons que je vous ai ouvert les yeux, plutôt », a-t-il cru bon de me préciser. « Si vous voulez », lui ai-je concédé. « C'est bien de le reconnaître », il m'a dit. Puis il s'est remis à parcourir les lettres, une à une, tout en répétant encore pour lui, plusieurs fois, « Pierre Simon », entre ses dents, comme s'il avait craint de l'oublier d'une seconde à l'autre, et comme autant de petites banderilles, aussi, qui m'étaient destinées.

J'ai allongé un peu le cou et me suis dressé discrètement sur la pointe des pieds pour tenter d'y voir quelque chose aux lettres qu'il passait en revue, et m'assurer qu'il n'allait pas manquer justement celle qui m'intéressait. Lorsqu'il a eu fini, il a levé les yeux vers moi. « Non. Je n'ai rien à ce nom-là », a-t-il fait. « Ah… » j'ai dit, sans parvenir à masquer ma déception. « Rien pour Pierre Simon », a-t-il repris. Et au large sourire qu'il affichait, on sentait bien que ça lui faisait un plaisir fou, qu'il jubilait et ne cherchait même pas à s'en cacher. « Vous êtes bien sûr ? » lui ai-je demandé. « Regardez vous-même ! » s'est-il offusqué, en me tendant sèchement tout son courrier.

« Je vous en prie, j'ai dit, je vous crois. – J'espère bien », m'a-t-il répondu, comme s'il n'en revenait pas que je puisse oser lui demander s'il avait bien regardé. Je suis resté songeur, un instant, tandis qu'il attendait visiblement que je m'en aille avant de reprendre son travail. « Et pour Simon Pierre ?... me suis-je risqué, vous n'avez rien non plus ? » Il m'a lancé un regard noir. « Faudrait savoir... Vous pouviez pas le dire avant, non ? – Je suis vraiment désolé », j'ai dit. Et s'il m'avait demandé de lui baiser les pieds ou autre chose, je l'aurais fait sans hésiter. J'aurais tout fait, pour une lettre de Mirna. « Pendant que vous y êtes, j'ai ajouté, sans vous commander, si vous pouviez regarder aussi si vous n'avez rien pour "monsieur Simon" ou "monsieur Pierre", éventuellement. » J'ai craint qu'il ne me jette tout son paquet de lettres au visage. « Ma parole, vous me prenez pour un imbécile ou quoi ? Vous n'allez quand même pas m'apprendre mon métier, non ? » Je me suis excusé. Il s'est remis à chercher. « Je n'ai rien, a-t-il fait. Rien du tout », en ayant pris beaucoup moins de temps que la première fois pour s'en assurer. « Ni pour Pierre Simon, a-t-il poursuivi, ni pour Simon Pierre, ni pour monsieur Simon, ni pour monsieur Pierre. Ça ira, comme ça ? – Bien sûr, j'ai dit. Ça ira très bien, merci. – Tant mieux ! » m'a-t-il répondu. Je me suis encore longuement excusé du temps précieux que je lui avais fait perdre. Je l'ai remercié une fois de plus de la peine qu'il s'était donnée. Et juste au moment où j'allais sortir de l'immeuble, il m'a retenu. « Un instant... » m'a-t-il dit. Je suis resté suspendu à ses lèvres. « Je vais quand même regarder encore là-dedans, pour vous être agréable. » Puis il s'est penché au-dessus de son chariot, tellement bourré de courrier, qu'en voyant cela, j'ai repris espoir et je me suis dit que ce serait bien le diable si parmi toutes ces lettres, des centaines et des centaines, il n'y en avait pas une pour moi, rien qu'une seule. C'était un vrai miracle qu'il n'en sème pas tout au long de son chemin, me suis-je dit. Puis j'ai pensé que c'était peut-être le cas, et même s'il n'en avait perdu qu'une, une seule de toute sa carrière de facteur, avec ma veine, c'était sûrement la mienne. Je l'ai même vue, cette lettre égarée, collée sur un trottoir mouillé depuis plusieurs jours, des semaines, peut-être, des traces de semelles sur l'enveloppe, l'encre qui bave, et « Pierre Simon » presque effacé. J'ai chassé cette image de mon esprit. « Rien non plus », m'a-t-il annoncé, alors qu'il me semblait pourtant qu'il venait juste de commencer à chercher. Mais cela ne m'étonnait pas qu'il n'ait rien trouvé, de la façon dont il avait regardé dans son chariot, du bout des doigts et du bout des yeux, bien trop soucieux de ne rien déranger. Si cela n'avait tenu qu'à moi, je lui aurais demandé de s'écarter un peu. « Laissez-moi faire… » j'aurais dit, puis j'aurais retourné son bazar, renversé tout le courrier par terre, je me serais assis à côté du tas et j'aurais passé toutes les lettres en revue, l'une après l'autre, jusqu'à ce que je trouve la bonne, même si cela m'avait pris toute la journée. Mais il n'aurait sans doute pas apprécié la méthode. C'était risquer de me le mettre à dos définitivement. Et ce risque-là, je ne voulais le courir en aucun cas. Faut-il le rappeler ? L'otage, c'était Mirna.

« Tant pis, lui ai-je dit, ce n'est pas très important, de toute façon », parce que je ne tenais pas à ce qu'il sache combien ça l'était, justement, afin qu'il n'aille pas s'imaginer que ma vie dépendait d'une lettre, que je n'en dormais plus la nuit, que j'en avais perdu l'appétit. « Bonne journée. Et merci encore », j'ai ajouté. Puis je lui ai tourné le dos. « Attendez... » il m'a fait. Je me suis retourné. Et à chaque fois c'était un peu d'espoir qui renaissait. Un coup de soufflet sur la braise. « Je vais encore jeter un œil là-dedans, à tout hasard. » Il parlait de la lourde sacoche en cuir qu'il avait en bandoulière. Il en a soulevé le rabat et s'est mis à farfouiller un peu à l'intérieur. « Pierre Simon, c'est ça ? » Il jouait avec mes nerfs. « C'est ça, oui », ai-je répondu aussitôt, pensant qu'il avait dit « Pierre Simon » parce qu'il venait de le lire sur une enveloppe. Mais il s'est mis à secouer la tête, avant de m'annoncer une fois de plus qu'il n'avait rien pour moi. « Je vais regarder encore ici, on sait jamais », m'a-t-il dit. Et sachant qu'il avait déjà cherché dans son chariot, puis dans sa sacoche, je me suis demandé où il avait l'intention de regarder encore. Il a ouvert sa parka, alors, et de la poche intérieure, il en a sorti quelques lettres. Cinq ou six, tout au plus. Je me suis demandé s'il n'en avait pas encore dans ses manches. « Mes dernières cartouches... m'a-t-il dit. C'est bien parce que vous m'êtes sympathique. » Il a eu un regard méfiant, tout de même, et s'est tourné de telle façon que son épaule m'empêchait de voir les lettres, comme si c'étaient des cartes qu'il protégeait du regard oblique d'un tricheur. « Ah... » a-t-il fait, aussitôt après. « Oui ?... » j'ai dit, en faisant un pas vers lui, le cœur battant, pour tenter de voir par-dessus son épaule ce que signifiait ce « Ah... ». Car c'était vraiment le genre de petit « Ah... » que l'on prononce lorsqu'on vient de trouver quelque chose que l'on a cherché pendant longtemps. Ce n'était pas un « Aaah !... » qui témoignait d'un immense soulagement, comme celui qu'aurait poussé un myope en mettant la main sur ses lunettes, un borgne en retrouvant son œil de verre au fond d'une poche, ou la femme du marin qui distingue une voile à l'horizon. Ce n'était pas un « Aaah !... » comme ça, non, c'était un « Ah... » bien plus modeste. Juste un petit « Ah... » très sec, mais plein d'espoir. Il n'y avait vraiment aucune ambiguïté possible, et cela aurait sans aucun doute signifié qu'il avait enfin mis la main sur une lettre adressée à Pierre Simon, si après ce « Ah... » il s'était arrêté là, s'il n'avait rien ajouté, et surtout pas, immédiatement après, « Ah non... », comme il l'avait fait. « Ah non... », comme lorsque l'on se rend compte que ce que l'on vient de trouver n'était pas en fait ce que l'on cherchait depuis longtemps. Sans pour autant qu'il y ait dans ce « Ah non... » une immense déception. Ce n'était pas celui qu'aurait poussé un myope qui vient de briser ses lunettes, un borgne en voyant tomber à l'eau son œil de verre, ou celui de la femme du marin quand sombre au loin le navire. Tout au contraire, il y avait presque un petit air amusé dans ce « Ah non... » là. C'était un petit « Ah non... » taquin, je dirais même vicelard. Quoi de plus naturel de sa part ?

« Désolé... » m'a-t-il dit encore, même si l'on voyait bien qu'il était tout sauf désolé. « Peut-être demain ? » lui ai-je fait. « Peut-être demain, oui, m'a-t-il répondu. C'est ce qu'il faut se dire. C'est ce que je me dis à tout bout de champ, moi, à propos de tout. » Et pour la première fois, peut-être, je ne sais pas pourquoi, il m'a paru sincère. « Dites-moi, a-t-il ajouté, vous penserez à remettre votre nom sur votre boîte aux lettres, sans ça vous n'avez aucune chance d'y trouver du courrier. » Il m'a bien précisé qu'il n'était pas tenu de monter dans les étages, qu'il n'était pas payé pour ça, et que s'il l'avait fait un temps et qu'il m'avait glissé quelques lettres sous la porte, c'était tout à fait exceptionnel, et il ne le ferait plus désormais. « Bien entendu », j'ai dit. Et je lui ai assuré que j'allais faire ça, ce matin même. « Sans faute ? m'a-t-il dit. – Sans faute, lui ai-je répondu. Ce matin même. – Bien ! il m'a fait. On commence à se comprendre. » J'étais content qu'il soit satisfait. Je me suis dit que quelque chose semblait s'être dénoué entre nous. Que nos relations, à partir de maintenant, allaient sans doute s'arranger. Puis je l'ai salué. « Au revoir, monsieur », m'a-t-il répondu. J'ai été sensible à cette marque de respect. « Monsieur comment, déjà ? » a-t-il repris. « Simon, lui ai-je dit, comme un bon soldat à son adjudant. Pierre Simon. » Et je suis parti comme s'il m'avait dit « rompez ! ».

Une fois dehors, par acquit de conscience, j'ai tenu à faire le tour du pâté de maisons, à arpenter les rues du quartier à la recherche de cette lettre que le facteur avait peut-être perdue en chemin – ou abandonnée, c'était plus probable encore. Mais je n'ai rien trouvé que quelques papiers gras collés sur le trottoir, qui de loin m'ont donné bien de faux espoirs. J'ai croisé le facteur à nouveau sur le chemin du retour. Il marchait d'un bon pas et regardait droit devant lui. Il n'a pas prêté attention à moi.

J'ai usé, le lendemain, du même stratagème que la veille. « Je descends les poubelles, mon amour », j'ai dit. « C'est ça, oui… » m'a-t-elle répondu, façon de me dire « tu peux bien faire ce que tu veux, ça m'est égal ». Une fois en bas, je me suis adossé au mur, face aux boîtes aux lettres. J'étais descendu plus tôt que la veille. J'ai vu passer pas mal de gens qui m'ont regardé de haut en bas, et la gardienne, aussi, qui sortait de sa loge. Après qu'elle m'a demandé qui j'étais, ce que je faisais là, et que je lui ai rappelé que j'habitais l'immeuble depuis plus de dix ans, elle m'a dit de ne pas m'appuyer au mur, comme ça, parce que ça laissait des traces. Nous en sommes restés là. Le facteur était en retard, aujourd'hui. Je me suis accroupi en l'attendant.

Lorsqu'il est apparu, j'ai bondi. « Encore vous ! » s'est-il exclamé, en m'apercevant. Mais je ne l'ai pas mal pris. Au contraire, j'ai trouvé que c'était plutôt encourageant. Cela signifiait qu'il faisait au moins le lien avec celui qu'il avait croisé la veille, ici même, devant les boîtes aux lettres – à savoir moi, est-il besoin de le rappeler ? « On dirait qu'on s'est donné rendez-vous », j'ai dit, sur le ton de la plaisanterie. « On dirait, oui… » m'a-t-il répondu. J'ai pris soin de lui témoigner d'un peu plus d'intérêt que la veille, au sujet de sa santé. « Comment allez-vous ? » lui ai-je demandé. « Plutôt mal », m'a-t-il dit. Même si je m'étais préparé à saisir la balle au bond, que j'avais des tas de répliques compatissantes en tête, je ne sais pas pourquoi, je n'ai pas relevé, je n'y suis pas parvenu. C'était au-dessus de mes forces. Il n'a pas semblé s'en formaliser, heureusement. « Remarquez, il m'a dit, vous tombez bien parce que je crois que j'ai quelque chose pour vous, aujourd'hui. » Je me suis bien gardé de sauter de joie. Je me méfiais de ses petits jeux pervers, je craignais tellement d'être déçu que je suis resté parfaitement impassible. Lorsqu'il m'a tendu une lettre, pourtant, après m'avoir fait languir un peu, en cherchant, comme le jour d'avant, dans son chariot, puis dans sa sacoche, pour finalement la sortir de sa poche, je n'ai pu m'empêcher d'ouvrir de grands yeux.

J'ai dû me retenir pour ne pas l'embrasser. Je l'ai remercié longuement. Mais dès le premier coup d'œil sur l'enveloppe, je suis tombé de haut. Ce n'était pas la belle écriture de Mirna. Ce n'était pas de l'encre bleue. C'était un timbre tout à fait ordinaire. Cela ne sentait pas comme sentaient les lettres de Mirna. Et surtout, c'était à un certain « Léon Rodriguez » que ce courrier était adressé. « Qu'est-ce qui ne va pas ? » m'a dit le facteur en voyant mon visage défait. « Je ne m'appelle pas Léon Rodriguez », lui ai-je répondu, en lui rendant la lettre, tellement déçu, que je n'ai plus fait aucun effort pour prendre sur moi. Je me suis même emporté. « Je m'appelle Simon ! Pierre Simon ! Si-mon. Ce n'est pourtant pas bien compliqué. C'est à se demander si vous le faites exprès ! » Il ne s'est pas décontenancé pour autant. C'était même comme s'il n'attendait que ça, que je me mette en colère. Il a haussé la voix, lui aussi, et il avait plus de coffre que moi. « Ma parole, vous vous moquez de moi ! s'est-il exclamé. Ce n'est pas ce que vous m'avez dit hier ! – Mais bien sûr que si ! j'ai fait. – Si je vous dis que non, Bon Dieu ! Comment voulez-vous que je m'y retrouve, si un jour c'est "Rodriguez" et le jour d'après "Simon" ? Et demain, qu'est-ce que ce sera ? Il n'y aurait pas eu de confusion si, comme je vous l'ai demandé hier, vous aviez au moins pris la peine de remettre votre nom sur la boîte aux lettres. – Mais c'est ce que j'ai fait ! » me suis-je défendu, pensant lui clouer le bec. « Ah oui ?… Je ne vois rien pourtant ! » Et en jetant un œil sur ma boîte, j'ai découvert que le petit papier que j'y avais collé pas plus tard que la veille n'y était plus, effectivement. « Quelqu'un l'aura arraché, alors… » me suis-je étonné. Il a eu un rire forcé. « Non mais, pour qui vous me prenez ? – Puisque je vous dis que je l'ai mis hier matin ! – Mais bien sûr… » Puis il m'a serré dans les cordes, sans plus me laisser en placer une. « C'est normal, aussi, a-t-il enchaîné, on n'y comprend rien, à ce que vous dites, vous n'articulez pas ! Vous parlez dans votre barbe ! Vous êtes là comme ça !… » Il se tordait le visage et faisait des grimaces outrancières. Puis il a émis quelques crachotements, et deux ou trois paroles incompréhensibles qui étaient censées imiter la manière dont je m'exprimais. Je n'ai pas supporté cela plus longtemps. Je crois bien que je me serais mis à pleurer, sinon. Je ne suis pas sorti, cette fois. Je lui ai tourné le dos et j'ai remonté l'escalier. J'avais gravi deux ou trois étages, lorsqu'il m'a semblé entendre la gardienne et le facteur qui parlaient ensemble. J'étais déjà trop haut pour percevoir leurs propos, mais cela ne faisait aucun doute qu'ils devaient, l'un à l'autre, se plaindre de moi.

Ô combien j'ai regretté de ne pas avoir su garder mon calme et faire profil bas. Les jours ont passé, sans que je n'ose plus descendre, le matin, de peur de le croiser. Même si j'avais pris soin de recoller sur ma boîte aux lettres une étiquette au nom de « Pierre Simon », en grandes lettres bien lisibles, je n'y ai pas trouvé de courrier à l'intérieur pour autant. Un matin, je me suis repris en main. J'ai dit « je descends les poubelles, mon amour ! – C'est ça, oui », elle m'a fait. Pas un mot doux en retour.

Je n'ai même pas eu à attendre le facteur, en bas, à jouer la comédie habituelle, car au moment où j'arrivais il était déjà en train de glisser du courrier dans les boîtes. J'avais bien failli le manquer. Je me suis éclairci la voix. « Bonjour ! » j'ai dit, avec mon sourire du dimanche. Il ne m'a pas répondu, ne s'est même pas interrompu. Il m'en voulait encore, visiblement. J'ai persévéré. « Comment allez-vous, depuis l'autre fois ? – Pas bien », il m'a fait, sèchement. J'ai été soulagé d'entendre sa voix. Cette fois, je n'ai pas tergiversé. « Ah bon ?… j'ai fait, d'un air préoccupé. Qu'est-ce qui ne va pas ? – Ça vous regarde ? » m'a-t-il dit, en levant le menton. Je ne me suis pas dégonflé. « Non, bien sûr, ça ne me regarde pas, mais je me fais du souci pour vous, c'est tout. » À son geste suspendu, l'espace d'une seconde, il m'a semblé que j'avais marqué un point, qu'il avait l'air touché. « Je tenais à m'excuser, aussi, j'ai ajouté, pour l'autre jour… » Il a levé les yeux au ciel. « C'est bon, il m'a dit. Passons l'éponge… » Je reprenais confiance. C'était le moment de me jeter à l'eau. « Parlons peu, parlons bien », j'ai fait, parce que c'est ce que j'avais prévu de dire, mot pour mot. Après avoir hésité entre ça et « jouons cartes sur table », qui m'avait semblé moins spontané. « Pardon ? » m'a-t-il demandé. « Je dis : parlons peu, parlons bien. » Il a eu un regard intrigué. Je l'ai fixé droit dans les yeux. « Combien ? » lui ai-je demandé. « Combien quoi ?… – Combien pour la lettre ? » j'ai dit, la gorge nouée. Il a froncé les sourcils. « Je ne comprends pas… – Vous comprenez très bien », lui ai-je répondu, tout en m'approchant de lui et en tentant de lui glisser discrètement une petite enveloppe dans la poche que j'avais préparée ce matin et dans laquelle j'avais mis quelques jolis billets – je ne m'étais pas moqué de lui, soit dit en passant. « C'est pour vos étrennes », j'ai fait, avec un petit clin d'œil. Il a eu un brusque mouvement de recul. L'enveloppe est tombée sur le sol. « Non mais vous êtes malade, mon vieux ! » s'est-il écrié. J'ai rapidement ramassé l'enveloppe.

« Je n'en reviens pas ! » s'exclamait-il en poursuivant son numéro. Il en faisait des kilos et des tonnes, me jouait la grande scène de la vierge effarouchée, du type qui a des principes. Je tentais de le calmer, de lui faire baisser la voix. « Dites-moi que je rêve ! Mais où va-t-on, là ? On dépasse les bornes, enfin ! C'est inacceptable ! » Il n'empêche qu'il avait du talent, qu'il le jouait bien, parce que j'aurais voulu disparaître à tout jamais, ou mourir de honte. Mais comme je n'ai pas été exaucé, à la place m'est montée une subite envie de le tuer. J'en ai été le premier surpris car, sans me vanter, je suis vraiment le type le plus doux que je connaisse, et je peux en témoigner. De ce « Pierre Simon », par contre, je ne répondais pas et j'avais raison de m'en méfier. Je lui ai sauté à la gorge pour le faire taire. J'aurais voulu lui arracher la langue, ou les oreilles qu'il avait déjà très décollées, ou juste quelques poignées de ses cheveux frisés, au moins, pour me calmer. Mais je n'en ai pas eu le temps. La lutte n'a que très peu duré. Trois secondes, dirais-je, tout au plus. Agrippés l'un à l'autre, nous sommes allés nous écraser contre le mur, d'abord, puis juste en face, contre les boîtes aux lettres, pour finir. Contre l'angle inférieur gauche du bloc de boîtes aux lettres, précisément, contre lequel le facteur est allé s'ouvrir la tête. De dire qu'il s'était ouvert la tête, c'est bien exagéré, car ce n'était que le cuir chevelu en fait qu'il s'était entaillé. C'est ce que je me suis empressé de lui dire pour le rassurer et me rassurer tout à la fois. « Ce n'est rien, j'ai fait, ça saigne beaucoup, mais ce n'est rien ! » Il était assis par terre, un peu sonné, une jambe allongée, l'autre repliée. Je me suis penché au-dessus de lui. « On ne voit rien, j'ai dit, c'est pas bien méchant. » Mais on sentait bien la panique dans ma voix. Et je m'excusais mille fois et lui demandais pardon. J'ai dit que je regrettais vraiment. Je lui ai tendu un mouchoir. J'ai ramassé ses lunettes auxquelles il manquait un verre. Je l'ai cherché un peu partout par terre autour de nous. J'ai fini par marcher dessus. J'ai fait celui qui s'était blessé, aussi, je me suis plaint de ma nuque en espérant faire diversion. Puis j'ai voulu l'aider à se remettre debout, mais il a refusé la main que je lui tendais. Il touchait son crâne poisseux, cherchait sa plaie du bout de ses doigts, tandis que deux filets de sang lui coulaient sur le visage. J'ai dit que c'était impressionnant, comme ça, mais qu'il fallait qu'il se rassure, que ce n'était qu'une coupure. J'ai dit que j'allais le soigner, que j'étais vraiment honteux, profondément désolé, que c'était un accident stupide, et je ne sais plus ce que je lui ai dit encore, mais je sais très bien ce que j'ai pensé, en le voyant assis, comme ça, muet, au milieu de l'entrée, avec sa chemise déchirée, ces lettres sur le sol, tout autour de lui, certaines tachées de sang, et cependant cet infime sourire qu'il esquissait en me regardant. J'ai pensé que de Mirna, jamais plus je n'entendrais parler.

« Tu ne dors pas ? » m'a-t-elle demandé, dans l'obscurité. « Non, j'ai fait. – Pourquoi tu ne dors pas ? – Je ne peux pas m'endormir comme ça, j'ai dit, en claquant des doigts, il me faut un peu de temps. – Du temps pour quoi ? – Pour remettre un peu d'ordre dans mes pensées, j'ai dit. – Tes pensées ? m'a-t-elle fait. – Oui, j'ai dit, mes pensées… – Et tu penses à quoi ? » Je la voyais venir. « À rien de particulier, à plein de choses. – Tu penses à elle, c'est ça ? – Je t'en prie, j'ai dit, tu ne vas pas recommencer ! » Et la discussion se serait sans doute envenimée si, par chance, nous n'avions pas été interrompus par ce bruit. « Qu'est-ce que c'est que ça ? » a-t-elle fait. On aurait dit des coups de marteau. Sans doute un bricoleur de minuit. Elle s'est assise au bord du lit. C'étaient des coups rapprochés, un son plutôt net, qui évoquaient un petit marteau que l'on manie aisément, et avec lequel on enfonce de petits clous. Pas des clous de charpentier, pour lesquels il aurait fallu un marteau bien plus conséquent. Ce n'était pas non plus le genre de coups que l'on porte avec une masse lorsqu'on abat une cloison. C'étaient des petits coups relativement discrets, bien qu'au milieu de la nuit, on n'entendît que ça. « On dirait que ça vient du dessus », m'a-t-elle dit. J'ai fait non de la tête. « Bien sûr que si que ça vient du dessus ! » a-t-elle insisté. « Ça m'étonnerait », lui ai-je répondu, mais j'aurais tout aussi bien pu lui dire « impossible ! » car j'en étais absolument convaincu. D'une part, parce qu'il n'y avait personne au-dessus – j'étais bien placé pour le savoir –, et d'autre part, même s'il y avait eu quelqu'un, je le savais bien incapable de planter le moindre clou dans un mur. Il n'avait d'ailleurs ni marteau ni clou, chez lui, tout juste deux ou trois punaises, peut-être, perdues au fond d'un tiroir. Et son pouce lui aurait bien suffi s'il avait voulu les planter quelque part.

« Ça vient plutôt du dessous », j'ai fait. « En aucun cas », m'a-t-elle rétorqué, en me rappelant que c'était une vieille femme qui vivait en dessous, qu'elle se couchait à heures régulières, se levait aux aurores, déjeunait à onze heures trente, dînait à dix-huit heures d'une tartine de beurre et que, *a priori*, on l'imaginait mal se réveiller à minuit passé pour se mettre à planter des clous dans les murs. Aurait-elle seulement eu la force de soulever un marteau – même un petit marteau – avec ses bras maigrelets ? Sans compter la patience qu'il lui aurait fallu avant qu'elle puisse saisir un clou entre ses doigts tremblotants.

Souvent le bruit des coups s'interrompait. Le temps qu'il fallait à l'homme, sans doute – convenons que c'était un homme –, pour aller chercher quelques clous dans sa boîte à clous qu'il n'avait pas juste à proximité de lui. Ou peut-être le temps nécessaire pour descendre d'un escabeau, prendre quelques clous, puis y remonter. Ou bien lorsque le silence était plus long, le temps pour lui de descendre de son escabeau, d'aller jusqu'à sa boîte à clous, de déplacer son escabeau à l'endroit où il prévoyait de planter son prochain clou, avant d'y remonter enfin, avec un ou deux clous d'avance entre ses lèvres pincées, et un autre, déjà tout prêt, entre le pouce et l'index.

Si les moments de silence étaient plus ou moins longs, les séries de coups, elles, se succédaient, identiques les unes aux autres, par leur rythme, cette accélération progressive tandis que le bruit augmentait d'intensité, de tonalité, aussi, me semblait-il, à mesure que le clou s'enfonçait. Des séries de coups semblables les unes aux autres, en durée, également, à un ou deux coups près. Ce qui devait signifier que c'étaient toujours les mêmes clous qu'il plantait, de la même longueur, dans la même matière, à la même profondeur, et avec la même adresse, aussi, car de cette régularité je déduisais qu'il ne se frappait pas sur les doigts, qu'il ne laissait pas tomber ses clous par terre, sans quoi il se serait interrompu sans cesse.

Plus j'écoutais cet homme et son marteau, cette petite musique de nuit qu'ils donnaient, plus j'avais plaisir à les entendre, plus je trouvais cela émouvant. Il n'y avait sans doute personne chez lui qu'il risquait de déranger. Il devait avoir le sentiment d'être tout à fait seul au monde, ou abandonné de tous, pour jouer comme ça du marteau à cette heure-ci, pour se soucier aussi peu de ses voisins, ignorer ainsi leur existence. Mais à quoi pouvait bien lui servir de planter autant de clous dans un mur ? Était-ce au moins dans un but quelconque ou ne cherchait-il qu'à passer le temps de son insomnie ? Et peu importe où il plantait ses clous, finalement, ce qui comptait pour lui, c'était de faire du bruit, de réveiller l'immeuble et d'attirer l'attention sur lui. Peut-être que ce n'était qu'un appel à l'aide, en fait. Tant qu'il continuait à frapper, en tout cas, il n'était pas en train de se pendre. Cela m'a rassuré.

J'essayais de m'imaginer à quoi cela pouvait ressembler, tous ces clous plantés dans un mur. Si toutefois c'était bien dans un mur qu'il les avait plantés – il n'y avait rien de moins sûr. De quelle manière pouvait-il les avoir disposés les uns par rapport aux autres ? Les avait-il enfoncés complètement ou aux deux tiers ? Parfaitement droits, ou légèrement en oblique, peut-être, afin d'y suspendre quelque chose ? M'est venue à l'esprit l'image de plusieurs centaines de timbres accrochés sur tout un mur et encadrés sous verre un par un. Je m'en suis contenté.

« Tu n'as pas l'intention de faire quelque chose ? » m'a-t-elle demandé, alors que je me laissais bercer par le son du marteau, que je m'étais mis à compter les coups, comme on compte les moutons, et que je me serais sans doute bientôt endormi si elle ne m'avait pas demandé, justement, à ce moment-là, si j'avais l'intention de faire quelque chose. « Si, j'ai répondu, j'ai l'intention de dormir. Et tu devrais en faire autant. – Comment veux-tu que je m'endorme avec ce bruit ? – N'y pense plus, j'ai fait, ou mets la tête sous l'oreiller. Ça ne va pas durer toute la nuit. Il sera bientôt à court de clous, il finira bien par se recoucher. » J'avais à peine prononcé ces mots que les coups ont cessé. « Tiens, j'ai dit, écoute… c'est déjà fini. » Elle a attendu quelques secondes encore avant d'éteindre la lumière et de s'allonger. Le silence a duré, plus longtemps qu'auparavant, et au lieu de m'en réjouir, cela m'a plutôt inquiété. Jamais l'homme ne s'était interrompu si longtemps. Le temps, sans doute, pour lui, ai-je pensé, de descendre de son escabeau, de poser son marteau, de s'allumer une cigarette, puis d'aller se chercher une bière. Le temps de prendre un peu de recul, avec sa cigarette dans une main et sa bière dans l'autre, pour voir si ses clous lui paraissaient bien plantés, à quoi cela ressemblait d'un peu plus loin, et si tout ça avait de la gueule. Puis le temps de finir tranquillement sa cigarette, de poser sa bière, de se munir de quelques clous et de son marteau, puis de remonter sur l'escabeau. Et les coups ont repris.

« Si t'étais un homme, elle m'a dit, tu monterais voir ce que c'est. – Pourquoi voudrais-tu que je monte, lui ai-je répondu, puisque je te dis que ça ne vient pas du dessus ? » Et je lui ai expliqué que cela pouvait provenir de n'importe où, excepté justement de l'appartement du dessus. Que la proximité du son n'était qu'une illusion, que c'était tout à fait trompeur et que je n'allais pas faire tous les étages, frapper à toutes les portes pour demander si c'est ici qu'on bricole. Pour un bruit de perceuse, je me serais sans doute dérangé, mais là, vraiment, ça ne valait pas le coup. D'autant, lui ai-je dit, que je trouvais cela plutôt agréable à entendre. « Tu n'as qu'à envoyer le gamin, si tu veux », j'ai fait. Et au regard effaré qu'elle m'a lancé, j'ai vu qu'elle trouvait ma suggestion aberrante. J'ai dit que je plaisantais, bien sûr. Je lui ai conseillé de dormir, maintenant. Je lui ai dit qu'on verrait ça demain.

Les coups ont cessé, les coups ont repris. Les clous se sont succédé. Elle a cogné contre les murs avec ses poings, au plafond, avec un balai, et contre le tuyau du radiateur, aussi, pour être bien sûre qu'on l'entendrait dans tout l'immeuble, que le message parviendrait à son destinataire. Cela n'a pas eu le moindre effet, pourtant. Au bout d'un moment, alors, je n'ai eu d'autre solution que de m'en mêler, tellement elle m'exaspérait à se plaindre que ce bruit allait la rendre folle. « C'est bon ! j'ai pesté. J'y vais ! » Et je suis sorti du lit. Mais sans précipitation aucune. Je me suis habillé tranquillement. Je me suis dit qu'avec un peu de chance, quelqu'un finirait bien par y aller avant moi. J'aurais même pris le temps de me raser, de cirer mes chaussures, de prendre un café, si je n'avais craint qu'elle me reproche d'y mettre de la mauvaise volonté. « J'y vais, alors… » j'ai dit, lorsque j'ai été tout à fait prêt, dans l'espoir, peut-être, qu'au dernier moment, elle allait changer d'avis, me dire de rester là, que ce n'était pas la peine, que ce n'était finalement pas si terrible que ça, qu'elle trouvait même cela plutôt agréable à entendre. Mais ça n'a pas été le cas. « C'est pas trop tôt », elle m'a fait. J'ai sifflé le chien pour qu'il m'accompagne. J'ai claqué des doigts, j'ai frappé sur ma cuisse. Je l'ai appelé deux fois. Mais il n'a pas bougé.

Je suis sorti sans lui. J'ai refermé la porte derrière moi. Sur le palier, j'ai écouté le bruit des coups que je trouvais beaucoup moins sympathique, déjà, que lorsque j'étais bien au chaud dans mon lit. On ne connaît pas ses voisins, ai-je pensé. Et si ça se trouve, ce type n'attend que ça, en fait, que l'on vienne se plaindre chez lui du bruit qu'il fait. Il n'attend que ça de m'ouvrir sa porte pour m'envoyer un grand coup de marteau en pleine face.

De là où je me tenais, il m'était impossible de définir avec plus de précision d'où cela pouvait provenir. De l'un des étages du dessous, sans doute, ai-je pensé. Et je ne sais pas pourquoi, alors, la première chose que j'ai faite a été de monter voir à l'étage du dessus, juste pour en avoir le cœur net. J'ai collé mon oreille à la porte de mon appartement. Ça m'a fait quelque chose d'écouter ce silence qui m'était si familier. J'ai même entendu craquer le parquet, comme s'il se languissait de mes pas. Puis je me suis mis à genoux sur mon paillasson. J'ai longuement reniflé sous ma porte, là où passe un petit courant d'air. Ça sentait bon la poussière et le renfermé. Ça sentait bon chez moi. Tu te fais du mal, j'ai pensé. Et je me suis redressé.

L'idée du coup de marteau en pleine figure avait fait son chemin dans mon esprit et j'étais de moins en moins décidé à aller me plaindre chez qui que ce soit. Je me suis assis sur le palier, les pieds sur les marches, en me disant que j'allais attendre ici que l'homme se lasse, qu'il ait planté tous ses clous, que la fatigue s'empare de lui, que quelqu'un y aille à ma place, je ne sais pas, mais pour une raison ou une autre, il finirait bien par s'arrêter.

À deux ou trois reprises, j'ai bien pensé que ça y était. Mais il s'est remis à taper. Lorsque les coups ont cessé, une fois de plus, je n'ai pas osé y croire. Mais ils n'ont pas repris. Et j'avais beau m'imaginer tout ce qu'il pouvait faire pendant ce temps, rien ne justifiait un silence aussi long, si ce n'est le fait qu'il avait achevé son travail, qu'il était à court de clous, qu'il était tombé d'épuisement, ou pire encore, ce que je me refusais d'envisager pour l'instant. Lorsque j'ai été tout à fait sûr que le calme était revenu, je me suis relevé et je suis redescendu.

« Voilà ! j'ai fait, triomphant, en entrant dans la chambre. C'est réglé ! » Elle n'a rien dit, ne m'a fait aucun commentaire, mais j'ai bien vu qu'elle semblait impressionnée. « Tu avais raison, j'ai ajouté, c'était bien le type du dessus. Je lui ai dit un peu ma manière de penser ! »

Je n'étais même pas tout à fait déshabillé encore, lorsque les coups ont repris. J'avais vu clair, finalement, lorsque j'en avais déduit que l'homme devait être à court de clous, car le bruit était très différent, maintenant. Beaucoup plus présent, plus sourd, comme si c'étaient de plus gros clous qu'il enfonçait, avec un marteau bien plus lourd. Ou comme si ce n'était même pas sur des clous qu'il tapait, mais directement sur les murs, comme si c'était une masse dont il se servait pour abattre une cloison. Chaque jour, je perdais davantage du tout petit peu de crédibilité qu'il me restait encore.

Je n'étais définitivement pas l'homme de la situation. Tous les prétextes étaient bons pour qu'on me le fasse remarquer. Même le chien qui avait pourtant été l'un des plus enthousiastes, au départ, prenait petit à petit ses distances avec moi. Les bouts de bois que je lui lançais, il ne me les rapportait plus. Il a même fini par me mordre pour que je cesse ce jeu stupide. Lui qui, pourtant, quelques jours auparavant, s'accrochait encore à ma jambe, haletant, lui à qui j'avais toujours servi de chienne sans sourciller, le voilà qui me rejetait aussi. Mais je ne lui en ai pas voulu. Il n'était pas responsable. Je crains qu'il n'ait fait qu'obéir à sa maîtresse.

Les nuits étaient redevenues bien plus calmes. Comme se doivent d'être les nuits. L'homme n'a plus donné de coups de marteau au mur, ni aucun autre signe de vie. Je n'en dormais pas mieux pour autant. Ma tête posée sur mon bras, il m'arrivait d'écouter battre mon cœur, une heure durant, et mon sang dans mes veines, par saccades, et d'autres sons curieux et inquiétants qui me venaient du dedans. Seuls les bruits de la rue, parfois, parvenaient à troubler le silence. Une nuit, pourtant, au plafond, j'ai entendu grincer les ressorts d'un sommier, par intermittence, comme le bruit que produirait quelqu'un qui se tourne et se retourne sans cesse dans son lit, sans jamais parvenir à trouver le sommeil. Je me suis levé, alors. Et j'ai même entendu des pas sur le parquet. J'ai fini par la réveiller pour lui demander si elle entendait la même chose que moi. « De quoi ? » a-t-elle grommelé, dans un demi-sommeil. « Au-dessus… j'ai fait, à voix basse, en pointant mon index en l'air. J'entends des pas… – Et alors ?… Qu'est-ce que ça peut bien faire ? m'a-t-elle répondu. Tant qu'il ne se met pas à planter des clous dans les murs… » Puis elle s'est rendormie.

Pour être honnête, je dois dire que jamais je ne m'étais fait beaucoup d'illusions quant à l'avenir de notre relation. Je savais bien qu'on allait droit dans le mur, mais je pensais qu'on y allait doucement, que j'aurais le temps de voir venir, et peut-être même de donner un coup de volant. Mais tout s'est passé trop brusquement.

On était bien tranquillement assis au salon, un soir. On traversait ce qui me semblait être comme une période d'apaisement. Rien de moins que l'œil du cyclone ; en fait, je ne m'en étais pas rendu compte. Si j'avais fumé la pipe, je crois bien que j'aurais fumé une pipe, ce soir-là, en me caressant longuement la barbe, si toutefois j'avais porté la barbe. Rien que pour dire, un peu, quel était mon état d'esprit, et l'atmosphère. Elle était assise en face de moi. Et si elle avait fait du crochet, ou quelque chose comme ça, c'est sans doute ce qu'elle aurait fait, à ce moment-là, pour dire combien tout était étrangement paisible, et à quel point rien ne laissait présager de ce qui allait advenir. Il faut imaginer la scène en clair-obscur, à la lueur tremblante de quelques bougies ou d'une lampe à pétrole, pour bien saisir ce calme et cette profonde sérénité qui régnaient. J'avais la tête absolument vide. Je ne pensais à rien, je le jure. Elle m'a regardé, comme si elle avait levé les yeux de son ouvrage. Puis elle m'a souri. « Tu penses à quelque chose ? » m'a-t-elle dit. J'ai regretté qu'elle rompe ce silence. « À rien, j'ai fait, je suis bien... – Tu es bien ? » s'est-elle étonnée. « Oui, j'ai dit, je suis bien », et je lui ai souri en retour. Si j'avais fumé la pipe, j'aurais aspiré deux ou trois bouffées, alors, que j'aurais soufflées loin devant moi. « Tu la revois, hein ? » m'a-t-elle fait, soudain, avec la même douceur dans le ton. « Pardon ? !... » j'ai dit. Et j'en aurais sans doute avalé ma pipe. « Tu la revois, cette salope ? ! » a-t-elle insisté. « Je ne te permets pas, voyons !... – Je savais bien que tu la revoyais, je m'en doutais ! Je voulais te l'entendre dire, c'est tout ! Tous les jours, je sens son parfum sur toi ! Je trouve de longs cheveux sur ta veste ! – Mais c'est ton parfum que tu sens ! j'ai dit. Et ce sont tes cheveux, enfin ! » Puis j'ai explosé. Nous avons eu des mots très durs. J'ai dit que ça ne pouvait plus durer. « S'il n'y avait pas les enfants !... j'ai crié, à qui voulait l'entendre. Je te jure que s'il n'y avait pas les enfants !... » C'est à ce moment-là, justement, que la porte s'est entrouverte et qu'ils sont entrés doucement. Moi qui les pensais endormis depuis longtemps, ils n'avaient sans doute rien manqué du spectacle. Ils sont venus tout droit vers moi, ils ont tenu à me rassurer. Ils m'ont dit que j'étais bien gentil, mais qu'il ne fallait pas que je m'en fasse pour eux, surtout. Que tout irait très bien sans moi, au contraire. Ils m'avaient déjà fait des dessins en souvenir. Ils m'ont même proposé de m'aider à rassembler mes affaires. « Ah, c'est comme ça ! j'ai pensé. Un jour on me sauve la vie et le jour d'après on m'assassine ! » Ils étaient de mèche avec elle, ces petits salopiauds. Eux, tout sucre et tout miel. Je voyais enfin clair dans leur jeu. J'ai bien compris où ils voulaient en venir. Je ne me suis pas fait prier. J'ai ma dignité. J'ai jeté quelques affaires au fond d'un sac-poubelle. « Je reviendrai chercher le reste », j'ai balbutié. « Rien ne presse », elle m'a répondu. Je ne savais plus quoi faire. Je restais là à me gratter la tête. Le chien s'est mis à grogner. « C'est par ici, la sortie ! » ils m'ont dit, sans même prendre la peine de me raccompagner jusqu'à la porte. Je l'ai claquée derrière moi. « Bon débarras ! » j'ai gueulé, sur le palier. J'en suis resté tout étourdi.

J'ai fini par me ressaisir. J'ai réussi à organiser mes pensées. Je n'avais fait que me tromper d'étage, un soir, en rentrant chez moi, il ne faudrait pas l'oublier. Reprenons le cours de ma vie où il s'est arrêté, me suis-je dit. J'ai retourné mes poches pour retrouver mes clés. Puis je les ai fait sauter dans ma main. « On rentre à la maison ! » j'ai dit, pour moi, à haute voix. Et j'ai monté les marches de l'escalier, le cœur serré, mais pas trop.

Que je ne parvienne pas du premier coup à ouvrir ma porte, cela ne m'a pas inquiété outre mesure. Depuis le temps que la serrure n'avait pas fonctionné, il était normal qu'elle résiste un peu, ne serait-ce que pour me faire payer mon absence. En m'y prenant avec doigté, j'ai pensé, ce ne serait qu'une question de secondes. Mais j'étais fébrile et j'avais du mal à user de toute la délicatesse qu'il m'aurait fallu pour que le mécanisme se débloque. Et plus je faisais preuve d'impatience, plus la serrure résistait. De colère, j'ai fini par donner un coup de pied dans la porte. Il y a eu ce bruit, alors, de l'autre côté. Un bruit sourd, comme si quelqu'un venait de bondir du lit sur le parquet. Puis quelques pas furtifs, tout de suite après. J'ai regardé autour de moi, j'ai pris un peu de recul, pour bien m'assurer que je n'avais pas fait d'erreur, cette fois. Mais c'était bien devant chez moi que je me tenais, et c'était de mon appartement que provenaient ces bruits. Je me sentais donc en droit d'exiger quelques explications, ce que je m'apprêtais à faire, si je n'avais pas été pris de court par celui qui se trouvait de l'autre côté de la porte, justement. « Qu'est-ce que c'est ? ! » s'est-il exclamé. Je n'en revenais pas. Voilà quelqu'un qui ne manque pas d'aplomb, j'ai pensé, de me demander à moi « qu'est-ce que c'est ? ! » juste après s'être levé de mon propre lit, avoir marché sur mon parquet. « Qu'est-ce que c'est, vous-même, oui ! » j'ai fait, sous le coup de la surprise, et en d'autres termes moins maladroits, cela signifiait « ce serait plutôt à moi de vous poser la question ! ». J'attendais que l'on me réponde, lorsque dans le même temps j'ai reconnu la voix de l'intrus. « Joseph ? me suis-je risqué, alors. C'est toi ? » sans en être tout à fait persuadé non plus. « Allez-vous-en ! Restez pas là ! » j'ai entendu. Et je n'ai plus eu aucun doute. Joseph était de retour, ça m'a fait chaud au cœur. La vie n'est pas si injuste, me suis-je dit, elle me prive d'une famille, mais en échange, elle me rend un ami. J'ai insisté. Je le savais méfiant. « Ce n'est que moi, Joseph. C'est Lepouilleux. Ouvre ! » Et j'ai attendu quelques secondes, pensant que je l'avais réveillé et qu'il lui fallait un peu de temps pour reprendre ses esprits. Cela m'a semblé un peu long, au bout d'un moment. « Qu'est-ce que tu fais ? lui ai-je demandé. Ouvre-moi, enfin, puisque je te dis que c'est moi ! » Et j'ai fait un pas en arrière pour me placer juste sous la lumière, en lui faisant un grand sourire, bien en face du judas, si toutefois il en doutait encore. « Je vous ai dit de foutre le camp ! » s'est-il emporté. « Allez, c'est bon, maintenant, j'ai fait, ouvre ! On a bien rigolé ! » persuadé qu'il me faisait marcher. Mais il n'a pas ouvert. Il m'a même semblé qu'il s'était éloigné, car c'étaient des bruits venus du fond de l'appartement que j'entendais maintenant. Je me suis dit qu'il avait sûrement bu, c'était la seule explication. Il y avait peu de chances, alors, qu'il m'ouvre avant d'avoir dessoûlé. Ne me restait plus qu'à attendre. J'ai voulu croire, au moins, que c'était à cause de la peine que lui avait causée mon absence qu'il s'était enivré. Cela m'a permis de ne pas trop lui en vouloir. Je me suis assis sur le paillasson en m'adossant à la porte.

Une heure plus tard, peut-être, n'y tenant plus, je me suis dit que j'allais me manifester à nouveau. On ne mesure pas à quel point c'est long, une heure assis sur un paillasson, surtout sur son propre paillasson, si l'on attend de pouvoir enfin rentrer chez soi. D'autant qu'il faut se lever toutes les deux ou trois minutes pour rallumer la lumière. Je n'en pouvais plus, de patienter, et profitant de ce que je venais de me lever pour appuyer sur l'interrupteur une fois de plus, j'ai frappé quelques coups contre la porte. Toujours aucune réponse. Aucun bruit non plus. Il devait cuver encore. Je me suis rassis. Mes paupières commençaient à se fermer, et comme je m'étais lassé de me lever sans cesse à cause de la minuterie, je me suis résigné à dormir un peu, moi aussi, ne serait-ce que pour passer le temps. Je me suis allongé, la tête sur mon paillasson. Jamais je n'aurais pu m'endormir comme ça. J'ai eu l'idée de le rouler sur lui-même, alors, pour m'en faire un traversin. J'ai trouvé cela déjà beaucoup plus confortable. Mais le sol était très dur, et je sentais tous les os de mon corps, quelle que soit la position que j'adoptais. J'ai pensé que je pourrais utiliser les trois autres paillassons du palier, en les mettant bout à bout, pour m'en faire un matelas, un peu étroit, peut-être, mais suffisamment long, en tout cas. C'est ce que j'ai fait, avant de me réinstaller par terre à nouveau. J'ai fermé les yeux. Mais je ne me suis pas endormi parce que j'ai eu froid. Tout bien réfléchi, il valait mieux, peut-être, que je me serve de ces paillassons pour me couvrir, même s'il fallait dormir à même le sol au prix de quelques courbatures. Puis je me suis souvenu de ces vêtements que j'avais fourrés dans mon sac-poubelle, et je me suis dit qu'ils feraient encore mieux l'affaire pour me couvrir que ces trois paillassons trop raides dont il valait mieux définitivement me servir comme matelas, car le sol était vraiment glacé. Puis j'ai encore changé mon fusil d'épaule. Pourquoi ne pas laisser mes vêtements dans ce sac pour m'en faire un oreiller bien plus douillet que ce paillasson ? Et récupérer, du coup, ce paillasson qui me servait de traversin pour m'en faire une petite couverture supplémentaire. Ce qui me permettrait, comme cela, avec quatre paillassons, de me couvrir entièrement des épaules jusqu'aux pieds. Je me passerais donc finalement de matelas. Dans ma situation, il fallait être prêt à quelques compromis. Je n'étais pas en position de réclamer le beurre et l'argent du beurre. Je me suis donc réinstallé de cette manière et me suis trouvé à peu près bien, comme ça. J'ai fermé les yeux.

J'ai dû dormir. Mais combien de temps, je ne sais pas. Dix minutes ? Une heure ou deux ? Difficile à dire. C'est la lumière qui m'a réveillé, en même temps que les bruits de quelqu'un qui montait dans l'escalier, qui ne s'arrêtait pas de monter. C'était mon voisin d'à côté qui rentrait chez lui. Il s'est effrayé lorsqu'il m'a vu, couché par terre dans mon foutoir. Il ne m'a rien dit, rien demandé, mais j'ai tout de suite voulu le rassurer. Je lui ai rappelé que j'étais son voisin d'à côté. Je lui ai dit que je m'étais permis d'emprunter son paillasson parce que j'avais froid, mais que s'il souhaitait s'essuyer les pieds avant de rentrer chez lui, j'allais le lui rendre immédiatement. J'ai commencé par m'asseoir, tandis qu'il cherchait ses clés, sans me quitter des yeux. J'ai pris le temps de m'étirer un peu, de faire des ronds avec ma tête pour me détendre la nuque. Puis j'ai remis un peu d'ordre parmi mes paillassons. Je ne me souvenais plus lequel était le sien et je m'apprêtais à le lui demander, lorsqu'en levant les yeux, j'ai vu qu'il s'empressait de rentrer chez lui. J'ai entendu le bruit de la serrure qu'il refermait à double tour. Puis un autre verrou encore. Je me suis relevé péniblement, et j'ai posé devant sa porte le paillasson qui, de mémoire, me semblait être le sien. Je me suis encore longuement étiré, j'ai fait quelques mouvements d'épaules, je me suis plié en avant, me suis redressé, et les mains sur les hanches, j'ai creusé mon dos en grimaçant. Joseph avait sans doute eu le temps de dessoûler, maintenant. Et peu importe si ce n'était pas le cas, j'étais décidé à ne pas lui accorder une minute de plus. J'étais à bout de patience.

J'ai donné un petit coup de sonnette. Rien n'a bougé. Puis un autre, un peu plus long. Toujours rien. Alors j'ai tambouriné de mes deux poings contre la porte. « Lorenzo ! j'ai gueulé. Ouvre-moi, maintenant ! » Et tout en criant son nom, j'écrasais la sonnette. Je me suis interrompu un instant. J'ai tendu l'oreille pour voir s'il réagissait. Puis j'ai repris de plus belle. Je m'étais juré de le réveiller. Je me suis remis à gueuler en donnant de grands coups de pied dans la porte.

Ce sont des voix, en bas, dans l'escalier, qui m'ont fait m'interrompre. Ils étaient plusieurs, parlaient fort, et montaient d'un bon pas. Au son des talkies, j'ai su ce qui m'attendait. Je savais bien que ça me pendait au nez. J'ai soupçonné mon voisin d'à côté de les avoir appelés, ou la folle du dessous, c'était fort probable. Ils étaient quatre. « Qu'est-ce qui ne va pas ? ! » ils ont fait, en arrivant à mon étage. « Rien ne va ! » j'ai dit. Mais je n'en ai pas dit davantage – pour protéger Joseph, c'était quand même un comble. Ils m'ont demandé de ramasser mes affaires et puis de les suivre. Je n'ai pas résisté. Je n'ai pas fait d'esclandre. J'ai remis les paillassons à leur place, j'ai pris mon sac-poubelle par-dessus l'épaule, et nous avons descendu l'escalier. En passant devant la loge de la gardienne, j'ai vu le rideau bouger.

Ils m'ont sermonné un peu, sur le trottoir. Ils m'ont dit qu'ils m'embarqueraient, si je recommençais. Ils m'ont recommandé de changer de quartier, d'aller voir ailleurs, de cesser d'importuner les gens qui dorment. Ils m'ont dit que ça me ferait du bien de marcher, que ça me permettrait de dessoûler. J'ai quand même tenu à leur dire que je n'avais pas bu. Ils ont souri. Sans doute ne m'ont-ils pas cru. Ils ont encore attendu devant l'immeuble, dans la lumière des gyrophares. Ils m'ont regardé m'éloigner.

J'ai marché un moment, j'ai cherché un bar ouvert, en vain, un endroit où je pourrais me poser un peu, au chaud. Je n'ai pas croisé grand monde, dehors. Mais parmi les quelques noctambules qui erraient, comme si je n'avais pas déjà assez d'ennuis, il a fallu que je tombe sur lui, au détour d'une rue. Il marchait en titubant. C'était l'un des trois types. L'un des deux que j'avais revus à la terrasse du café, en face de chez mon cordonnier. Je l'ai reconnu trop tard pour changer de trottoir. J'ai regardé mes pieds, comme si cela suffirait à me rendre invisible. « T'as pas une cigarette ? » il m'a demandé. Je me suis arrêté. Il avait du mal à tenir droit. J'ai répondu bien poliment que non, j'ai dit que je ne fumais pas. « T'as pas du feu, alors ? » il m'a fait. « Si je ne fume pas, j'ai dit, pourquoi est-ce que j'aurais du feu ? » Il a froncé les sourcils. Ça volait trop haut pour lui. Je me suis demandé d'ailleurs à quoi lui aurait servi d'avoir du feu s'il n'avait même pas une cigarette. « T'as pas l'heure, non ? » m'a-t-il demandé encore. J'ai dit que j'étais désolé, mais que je n'avais pas de montre. Et j'ai voulu poursuivre mon chemin. Mais il m'a retenu par le bras. Il m'a dit qu'il trouvait que ça faisait beaucoup de n'avoir ni feu, ni cigarette, ni même l'heure à lui donner, et que si j'avais voulu tout lui refuser, je ne m'y serais pas pris autrement. Il m'a reproché de lui parler de haut, aussi, ce dont je me suis défendu. Puis en approchant son visage à quelques centimètres du mien, suffisamment près pour que je profite pleinement de son haleine imbibée, il m'a dit que ma tête lui disait quelque chose. Qu'il m'avait déjà vu quelque part, et que ça lui rappelait pas des bons souvenirs. Ça tournait doucement au vinaigre. « Vous savez quoi ? » je lui ai fait alors. Il m'a regardé circonspect. « Allez vous faire foutre ! » j'ai dit. Et je l'ai planté là, hébété, sur le trottoir. Il oscillait comme un mât dans le vent. Fallait pas m'emmerder. J'étais pas d'humeur, cette nuit-là. Je me suis senti quelqu'un pour une fois.

J'ai passé un peu de temps assis sur un banc, ensuite. Puis dans le renfoncement de l'entrée d'un parking, un peu plus loin. Puis j'ai marché jusqu'au matin parce que j'avais froid.

En revenant du côté de chez moi, lorsqu'il s'est mis à faire jour, je me suis demandé si j'allais pouvoir en rire, avec Joseph, de cette histoire, ou si je lui en voudrais tout le restant de ma vie pour ce qu'il m'avait fait subir.

Je suis entré dans l'immeuble, et j'ai monté l'escalier, à bout de forces. Ça sentait bon le café chaud sur tout le palier, et ça venait bien de chez moi. En collant mon oreille à la porte, j'ai entendu le crachotement de la cafetière, et de la vaisselle qu'on lave, aussi, et Joseph qui sifflotait, de très bonne humeur, apparemment. J'ai sonné. Tous les bruits ont cessé. Même la cafetière s'est tue. J'ai entendu une porte se refermer. Puis des pas. « Qu'est-ce que c'est ? ! » il a demandé, toujours aussi méfiant. « C'est moi, j'ai dit, ouvre ! » Il y a eu un long silence. J'ai cru, cette fois, que c'était l'émotion qui l'avait submergé. Mais ce n'était pas tout à fait ça. « Foutez-moi le camp, Bon Dieu ! Ou j'appelle les flics encore une fois ! » Alors la colère m'est montée d'un coup. « Tu vas voir ! j'ai hurlé. C'est moi qui vais aller les chercher ! » Et j'étais sûr qu'à ces mots, la seconde suivante, j'allais entendre la clé tourner dans la serrure. Mais il n'a pas eu l'air de s'en inquiéter. Sans doute ne me prenait-il pas au sérieux. J'ai sonné durant une bonne minute sans m'interrompre. « Espèce de cinglé ! » s'est-il écrié, de l'autre côté de la porte. « Cette fois, j'y vais, j'ai dit ! Tu l'auras bien cherché ! » Et j'ai fait mine de descendre les marches, jusqu'à l'étage du dessous. Mais cela n'a eu aucun effet. Il n'a pas ouvert la porte, n'a pas cherché à me rattraper. Je suis remonté une dernière fois. « Je te préviens, Lorenzo… je compte jusqu'à dix et je te jure sur la tête de mes enfants que cette fois j'y vais ! » J'ai compté jusqu'à dix. Et à quinze, j'ai descendu l'escalier.

En arrivant au commissariat, qui n'était qu'à deux pas, ma colère était intacte, et tant mieux, car il n'est pas dit que si j'avais dû faire un plus long chemin, je n'aurais pas faibli et changé d'avis en cours de route. Au guichet, l'agent de police s'occupait déjà de quelqu'un. Il y avait encore une autre personne ensuite, et après ce serait mon tour. J'espérais que je n'allais pas devoir attendre trop longtemps, car chaque minute qui passait entamait davantage ma détermination.

Je me suis préparé à ce que j'allais dire de manière à pouvoir m'expliquer avec le plus de clarté possible lorsque ce serait à moi de me plaindre. Et tandis que l'agent faisait remplir des papiers à la personne en face de lui, j'ai remarqué qu'il levait régulièrement les yeux vers moi, à tel point que cela le déconcentrait et qu'il se perdait ensuite, à chaque fois, dans ses formulaires, lorsqu'il reprenait ses explications. J'ai fini par éviter son regard. Et mes yeux se sont posés sur les visages des affiches, au mur, juste derrière lui. Tous ces gens qui avaient disparu. Et d'autres que l'on recherchait. Des types auxquels on avait sans doute des choses à reprocher. Il y avait même un portrait-robot, à côté, et j'ai dû sourire, en le voyant, parce que sans la moustache et les lunettes, c'était tout à fait moi. Puis j'ai effacé mon sourire idiot, lorsque j'ai fait le lien avec les regards intrigués de l'agent. J'ai porté mon index à ma tempe, comme si je m'étais souvenu à l'instant qu'il fallait que je mette une pièce dans le parcmètre ou quelque chose comme ça. Je suis sorti de la file, discrètement. J'ai dit à la personne derrière moi que je revenais tout de suite. J'ai entendu l'agent m'interpeller, alors, de derrière son guichet. Je ne me suis pas retourné. J'ai pressé le pas vers la sortie. Il m'a crié de m'arrêter. J'ai bousculé quelqu'un qui entrait et une fois la porte franchie, j'ai laissé tomber mes affaires et je me suis mis à courir, comme jamais je n'avais couru de ma vie. Aussi vite que l'on puisse le faire avec deux jambes. Ils étaient plusieurs à mes trousses, mais je ne me suis pas retourné. J'avais une bonne avance sur eux. J'ai pris la première rue qui venait, puis j'ai tourné dans la suivante. J'ai entendu leurs pas ralentir et claquer sur le sol lorsqu'ils m'ont perdu de vue. Puis l'un d'entre eux m'a aperçu au loin. Il a gueulé pour ameuter les autres. Et la course a repris. Ils m'ont perdu de vue encore, un peu après, alors que je crachais mes tripes sur le trottoir, agenouillé contre une voiture garée.

Jusqu'au boulevard... pensais-je, hors d'haleine, la gorge et la poitrine brûlées. Et puis courir encore jusqu'à la gare. Puis me perdre dans la foule. Dans le flot des voyageurs. Et me laisser porter jusqu'au premier train en partance. Il y aurait sûrement quelqu'un à l'arrivée pour m'attendre au bout du quai.

Je me suis remis à courir. J'ai disparu au coin de la rue. Ou peut-être était-ce quelqu'un d'autre qui courait, je ne sais plus.

Sans un regard en arrière

(Pocket n° 13736)

Jeune, la « *loose* » lui collait à la peau. Mais depuis il pris sa revanche : la quarantaine conquérante, marié à une anglaise de la grande bourgeoisie, père de deux enfants, à la tête d'une chaîne de restauration en plein essor. Vincent a réussi. Pour cela il a quitté la France, le petit pavillon familial, ses parents, et Étienne, son meilleur ami, son double, devenu SDF. De retour chez lui en ce mois de juillet, il se retrouve face à ceux qu'il a laissé derrière lui sans s'en inquiéter et n'en sort pas indemne...

Il y a toujours un Pocket à découvrir

Candide en Amérique

(Pocket n° 13600)

Odell Deefus aurait sûrement mieux fait de ne jamais prendre la route pour Callisto.
Mais comment aurait-il pu imaginer se retrouver avec deux cadavres et un colis embarrassant sur les bras ? Sans compter que maintenant tout le monde semble s'intéresser à lui : la belle Lorraine, Chet, l'évangéliste, l'inspecteur Webb, le FBI, la sécurité intérieure…
Il faut dire qu'être suspecté de terrorisme dans l'Amérique post-11 septembre n'est pas une situation de tout repos…

Il y a toujours un Pocket à découvrir

Voyage à bord du bateau ivre

(Pocket n° 10672)

Robert, géant de deux mètres, a 36 ans et une seule passion dans la vie : Rimbaud. Pour rendre hommage au maître, il part en pèlerinage à Paris. Gare de l'Est, il rencontre Isabelle, standardiste SNCF à l'âme sensible. Ensemble, ils partent pour l'Afrique. Ils ne s'encombrent pas de valises. L'amour fou et Rimbaud leur suffisent.

Il y a toujours un Pocket à découvrir

Composé par Nord Compo
à Villeneuve-d'Ascq (Nord)

Imprimé en France par

CPI
BUSSIÈRE

à Saint-Amand-Montrond (Cher)
en juillet 2012

POCKET – 12, avenue d'Italie – 75627 Paris Cedex 13

N° d'impression : 122374
Dépôt légal : septembre 2009
Suite du premier tirage : juillet 2012
S18431/03